AF205211

„Geschichten,

die das Leben schreibt"

In diesem Buch finden Sie

kleine Geschichten,

die sich zum Vorlesen eignen.

Tauchen Sie ein

in Situationen des Lebens.

Bibliografische Information der Deutschen Nationalbibliothek:

Die Deutsche Nationalbibliothek verzeichnet diese Publikation

in der Deutschen Nationalbibliografie; detaillierte bibliografische

Daten sind im Internet über http / /dnb.dnb.de abrufbar.

2017 Monika Grundei

Herstellung und Verlag

BOD–Books on Demand, Norderstedt

ISBN 9783744870443

Text: Monika Grundei

Umschlaggestaltung: Monika Grundei

Satz: Monika Grundei

**Entspannung
und
Ruhe**

sind die Voraussetzungen für ein ausgeglichenes Leben,
das die Möglichkeit zu Freiheit, Freude, Offenheit und
Zufriedenheit beinhaltet.

Lassen Sie sich von den Texten dazu einladen.

Die abgebrochene Blüte

 Frau Berger war mit ihrer kleinen vierjährigen Enkelin Melanie im Stadtpark. An diesem Sonntag war das Tulpenfest. Sie gingen durch die Blumenfelder und immer wieder sahen sie andere Tulpen in wunderschönen Farben. Dunkelrote mit weißen Streifen, Lila, Blaue, Weiße, gelb und orangefarbene.

Melanie fasste eine an und sage: „Diese ist ganz weich." „Die Rote war nicht so glatt und ich hatte nachher rote Farbe an den Fingern." „Ja", sagte Frau Berger, „sie sind eigentlich auch nur zum Anschauen." „Ich möchte sie aber streicheln", sagte Melanie. „Da freuen sie sich doch sicher."

„Kann sein", sagte die Oma, „doch die Blüten können dabei auch abbrechen" und da war es auch schon geschehen. Der Kopf einer wunderschönen goldfarbenen Blüte mit roten Streifen fiel zu Boden. Melanie begann zu weinen. „Jetzt ist sie traurig", sagte sie und schmiegte sich schützend an die Oma.

Frau Berger bückte sich und hob die Blüte auf. „Weißt du, was wir damit machen?" sagte sie. „Die bringen wir unserer Nachbarin, die im Altenheim ist". Nun konnte Melanie gar nicht schnell genug aus dem Park kommen und auf dem Heimweg hielt sie den Kopf der Tulpe wie einen Schatz.

Sie betraten das Zimmer von Frau Schubert, die lange neben Frau Berger gewohnt hatte. Melanie stand ganz schüchtern neben der Oma und Frau Berger erzählte, dass sie auf dem Tulpenfest waren und dass Melanie ihr etwas mitgebracht habe.

Ganz langsam ging Melanie an das Bett von Frau Schubert und legte die Tulpe auf die Zudecke. Diese griff vorsichtig nach dem Blütenkopf und hielt ihn hoch. Ihre Augen leuchteten und ein Lächeln erschien auf ihrem, sonst so ernsten, Gesicht.

„Danke!" flüsterte sie ganz leise.

Als Frau Berger mit ihrer Kleinen wieder auf der Straße stand, sagte Melanie: „Warum hat die Frau gelächelt, es war doch nur eine abgebrochene Blüte?"

„Ja Melanie", sagte die Oma, „oft sind es die kleinen Dinge, die Freude bereiten, weil man spürt, dass das Herz dahinter steht."

„Für Frau Schubert ist diese Blüte wie ein Gang durch ihren Blumen- garten, den sie früher immer so liebte."

Die geheimnisvolle Brille

Brillen waren in früheren Zeiten etwas, was niemand haben wollte.

Oma Thea erzählte immer, dass sie in der Schule stets als Brillenschlange geärgert wurde.

Doch das hatte sich schlagartig geändert, als sie eine Brille bekam, mit der sie alles riesengroß sehen konnte.

Sie konnte in den Gesichtern der Anderen alles genau erkennen so, als wenn man durch eine große Lupe hindurch sah. Das dachten ihre Mitschüler jedenfalls.

Wenn jemand schwitzte, sah sie die Wasserperlen groß über ihre Wangen laufen und das sah dann so witzig aus, dass die lachen musste.

Ihre Mitschüler fanden das gar nicht lustig, denn sie konnten ihr nichts mehr vormachen. Sie sah sofort, wenn sie logen und ihre Nasenspitze sich rötete wie eine Tomate.

Sie glaubten, dass sie mit ihrer Brille in ihre Gehirne schauen konnte. Jeder wollte das einmal ausprobieren.

Ihr Lehrer hatte ihr damit geholfen, dass er sagte: „Lisa sieht jetzt alles."

Von da an wurde sie auch nicht mehr Brillenschlange genannt, sondern, Lisa mit der Zauberbrille. Sie sagte: „Ich darf sie nur eine kurze Zeit am Tag tragen, sonst verliert sie ihren Zauber."

Das stimmte sogar, denn es war eine Brille, die ihre Augen an den richtigen Platz ziehen sollte.

So ist es auch im Leben. Manchmal hilft ein kleiner Fehler, den anderen in seiner Art zu verstehen und ihn sogar lieben zu lernen.

Wunder des Lebens

 Lukas fühlte sich ganz klein, er konnte mit den anderen Jugendlichen nicht mithalten. Er hatte keine teuren Klamotten, wie sie immer sagten, und natürlich auch nicht das neueste Handy.

Er hatte auch nicht so viel Zeit wie seine Schulkameraden, die jeden Tag in der Stadt rumhingen, Musik hörten oder im Sommer sich in der Eisdiele bedienen ließen.

Lukas musste am Nachmittag auf seinen kleinen Bruder aufpassen und im Haushalt helfen, denn die Mutter war allein seit der Vater bei einem Arbeitsunfall tödlich verunglückt war.

Manchmal war er unglücklich, weil er so viel nicht konnte, aber er wollte für die Mutter da sein.

Er half Martin, dem Kleinen, bei den Schularbeiten und seine eigenen konnte er nur am Abend machen, wenn die anderen schon schliefen.

Zu seinem Geburtstag hatte Mutter ihm eine Kinokarte geschenkt und so verabredete er sich mit einem Schulkameraden, der noch zu ihm hielt und sich nicht schämte mit ihm gesehen zu werden.

Nach dem Kino, an der Bushaltestelle, stritten zwei Jungen sich mit einem Mädchen, das sie hin und her schubsten, bis sie am Boden lag und von den Jungen weiter geschlagen wurde. Mehrere Leute standen da, griffen aber nicht ein.

Lukas forderte die Jungen auf, das Mädchen in Ruhe zu lassen, doch sie reagierten nicht. Da ging er dazwischen und sie stürzten sich auf ihn, schlugen und traten, dann flüchteten sie.

Das Mädchen saß zusammengekauert auf der Bank. Lukas ging zu ihr, tröstete sie und wartete bis die Polizei kam.

Es war Mia, die Schwester von Thomas, der ihn in der Schule am heftigsten attackierte.

Am nächsten Tag fragte er Lukas: „Warum hast du das getan?"

„Weil sie Hilfe brauchte", war seine einfache Antwort.

„Danke", sagte Thomas ganz kleinlaut, und ging nachdenklich davon.

Es ist, wie auf dem Bild.

Das Kleine und Schwache bricht sich oft Bahn

durch die härtesten Schichten des Lebens.

Falsche Erwartungen

Marlies war mit ihrer Freundin auf dem ‚Weg nach Hamburg. Es war früh am Morgen und die Menschen strömten in die Städte zur Arbeit. Der Zug war überfüllt und die Beiden fanden keinen Platz. „Auch noch Stehen für das Geld", stöhnte Birgit. „Wir sitzen doch sowieso gleich in einem Kaffee zum Frühstück"." Wir werden uns doch den Tag dadurch nicht verderben lassen", erwiderte Marlies. „Im Übrigen müssen die hier um uns herum alle zur Arbeit, während wir durch die Geschäfte bummeln können."

Birgit sah das nicht so und Marlies hatte den Eindruck, dass ihre Laune am Boden war. Warum konnte sie sich nicht einfach auf den freien Tag freuen?

An der nächsten Haltestelle stiegen einige Fahrgäste aus und die Beiden konnten sich setzen. Doch kaum hatten sie ihre Plätze belegt, warfen zwei schräge Typen ihre Rucksäcke auf die Bank gegenüber, setzten sich und streckten ihre Beine bis auf ihre Seite.

Birgit stieß dagegen und fauchte: „Setzt euch gefälligst ordentlich hin und behindert nicht andere Leute." „O, preußische Ordnung", witzelte der eine zurück. Ein Wortwechsel entstand zwischen Birgit und ihrem Gegenüber, der nicht gerade als freundlich bezeichnet werden konnte.

„Hamburg, Hauptbahnhof!", ertönte die Durchsage "Na dann viel Spaß ihr Beiden", war zu hören und Birgit beeilte sich aus diesem Umfeld raus zu kommen.

„Na", sagte Birgit, „wen werden die Beiden denn jetzt nerven oder gar beklauen." Denen traue ich doch alles zu." Marlies schüttelte den Kopf und zog sie mit sich.

Kaum, dass sie im Kaffee Platzgenommen hatten, betraten ihre Fahrbegleiter die Kaffeestube und steuerten. auch gleich auf die Beiden zu. „Mein Gott, werden wir die überhaupt nicht los", stöhnte Birgit.

Der eine von Beiden hob triumphierend ein Handy hoch und sagte: "Das hast du doch sicher schon vermisst." „Du hast es in der Bahn liegen lassen." „Danke", kam es kleinlaut von Birgit.

Alles hätte sie von den beiden schrägen Vögeln erwartet nur das nicht. Und so schnell, wie sie erschienen waren, waren sie auch wieder verschwunden.

„Ja, liebe Birgit", sagte Marlies. „Man sollte die Menschen nicht nach ihrem Aussehen beurteilen."

Frühling

Frühling weckt an allen Orten die Natur und Leben spießt, selbst aus winzig kleinen Pflanzen. Wunder, die das Auge sieht.

Doch wer weckt wohl die Gefühle tief im Erdreich, ohne Licht? Warten sie auf Sonnenstrahlen, die durch kalte Schollen bricht?

Ist das ähnlich einem Kusse, der zum Klingen bringt Gefühle und uns zeigt, wir sind geliebt?

Spürt das kleinste Samenkorn, Gottes Liebe, die es ruft, aufzustehen und aufzubrechen, Farbe auf die Welt zu sprühen?

Diese ganzen Farbnuancen kann kein Maler jemals mischen und wir stehen vor Blumengärten staunend und doch mit dem Wissen, das es nur ein Ausschnitt ist, von millionenfachen Blüten, die die Erde jedes Jahr neu entflammen lässt, zur Freude.

Und der Mensch mit seinem Wissen, steht ergriffen vor der Pracht, denn die Vielfalt dieses Lebens kommt von einer andren Macht.

Vor ihm liegt ein Schöpfungsberg, den ergriffen er bewundert, wie der kleine Gartenzwerg.

Das Mädchen aus Somalia

Mohamed und Lyssa liefen durch Hamburg. Lyssa war erst vor ein paar Tagen in einer Flüchtlingsunterkunft in Hamburg angekommen. Mohamed war schon länger da und betreute die Neuankömmlinge.

Auf Lyssa war er gleich aufmerksam geworden. Sie war allein, ihre Familie war noch in Somalia.

Er wollte ihr etwas Heimat geben und so hatte er sie zu einem Spaziergang eingeladen. Er führte sie an die Landungsbrücken in Hamburg, wo immer viele Schiffe am Kai liegen. Auch er war von dem vielen Wasser und den Schiffen beeindruckt.

Lyssa stand ganz still und schaute auf das Treiben im Hafen. Ihre Gedanken waren jedoch in ihrer Heimat. „Gefällt es Dir?", fragte Mohamed. „Ja", sagte sie, „aber ich vermisse etwas." Fragend schaute Mohamed sie an. „Ich vermisse den Duft der Sonne", sagte Lyssa. und Mohamed stutzte. Er sagte: "Die Sonne kannst du doch

nicht riechen." „Doch, sie riecht süß, wie die Wüste".
Mohamed nickte. „Da hast du Recht und sie riecht nicht
nur, sondern sie hat auch eine schöne Melodie."

„Hier riecht die Sonne nach Salzwasser, frisch und ihre
Melodie wird vom Wind erzeugt, der das Wasser an die
Molen schlägt und die Segel flattern lässt." „Du wirst diese
Melodie auch lieben lernen und du siehst, etwas hast du
von diesem Land auch schon gelernt."

Lange standen sie noch auf der Brücke und lauschten
dieser Melodie. Auf dem Heimweg sagte Lyssa: „Schade,
dass ich den Menschen hier nicht den Duft der Sonne und
die Melodie der Wüste zeigen kann."

Mohamed erwiderte: „Hier leben Menschen aus den
verschiedensten Erdteilen, die alle die Melodie ihrer
Heimat mitgebracht haben."

„Jetzt sind diese vielfältigen Melodien um deine Melodie
reicher geworden."

Das machte Lyssa ein wenig stolz. Sie war also nicht mit
leeren Händen gekommen, sondern sie brachte ein
Geschenk mit, was dieses Land reicher machte.

Obdachlos in einer großen Stadt

Wenn ich durch Hamburg gehe, treffe ich in vielen Straßen Obdachlose in Hauseingängen, auf Treppen, in Unterführungen oder vor Geschäften. Bei meinem letzten Besuch kam ich an einer Gruppe von drei recht jungen Menschen vorbei, die sich in einer Hausecke ihren Platz gesucht hatten. Sie baten auf einem Stück Karton, um eine kleine Spende.

Es waren zwei junge Männer und ein Mädchen und sie hatten einen Hund dabei. Ich hörte den Kommentar von einem vorübergehenden Ehepaar: „Ihr solltet lieber arbeiten, dann braucht ihr hier nicht in der Kälte sitzen und betteln und dann noch mit Hund." Ich legte ihnen mit einem Lächeln zwei Münzen in den Hut, der vor ihnen lag.

Meine Gedanken gingen zu meinen Kindern, die in ihrem Alter waren und ich fragte mich, was da wohl fehlgelaufen war, dass diese jungen Leute auf der Straße lebten.

War es das Elternhaus, waren es Drogen, die sie in diese Situation gezogen hatten? Sie taten mir leid, aber ich ging weiter, nahm sie aber in meinen Gedanken mit.

Am Abschluss meines Tages tauchten sie aus meinem Gedächtnis wieder auf und die Frage stand vor mir: „Warum hat Gott meine Kinder vor so einem Schicksal bewahrt und jene nicht?" Liebt Gott nicht alle Menschen, auch diese auf der Straße? Oder will er uns vielleicht in diesen Menschen die Lazarus-Geschichte unserer Zeit vor Augen stellen?"

Ich hatte die Gruppe auch nicht angesprochen und so konnte ich am Abend nur ein Gebet für sie zum Himmel schicken.

Schulferien

Die Schulglocke schrillte durch Flure und Klassen und die Schüler beeilten sich, ihre Schulsachen einzupacken und stürmten auf die Flure.

Ferienstimmung hatte sich auch bei den Lehrern eingestellt. Alle wünschten sich erholsame Wochen und den Stress wollte man schnell vergessen.

Andrea beeilte sich, den Bus zu erreichen, um so schnell wie möglich die Schultasche in die Ecke zu stellen. Jetzt wollte sie sich nur noch auf die Ferien freuen und es stand ein Urlaub an, der etwas Besonderes versprach.

Es ging an die Küste und dann noch auf einen Bauernhof. Das war doch sicher Erlebnis pur, überhaupt, wenn man aus der Großstadt anreiste. Es war das erste Mal, dass der Urlaub auf einem Bauernhof anstand. Andrea war gespannt, was sie da erleben würde. Sie liebte Tiere, doch in der Stadtwohnung war dafür kein Platz und der Vermieter duldete keine Tiere in seinem Haus.

Ihre Freundin hatte einen Hund und sie freute sich schon immer, wenn sie mit ihm in den Stadtpark gingen. Dort konnten sie mit ihm herumtollen und das war für beide Teile ein Vergnügen.

Doch auf dem Bauernhof erwarteten sie ganz andere Tiere. Sie packten diesmal mehr praktische Sachen ein, sogar Gummistiefel sollten dabei sein. „Das hört sich nach Arbeit an", sagte Andrea und Vater meinte, „vielleicht musst du ja sogar beim Stallausmisten helfen." „Mich schreckt nichts", erwiderte sie, „das ist doch voll cool."

Andreas Freundin war im letzten Jahr auf einem Hof in Bayern und hatte davon tolle Sachen erzählt

„Sachen schnappen, alles ins Auto und ab geht es!", rief Vater. Auf der Fahrt rief Andrea auf ihrem Handy Werbung für einen Urlaub auf dem Lande auf. In manchen Höfen konnte man sogar auf dem Boden im Heu schlafen. Sie war ganz gespannt auf ihren Ferienplatz. Für die Fahrt hatte sie sich Lesestoff mitgenommen, natürlich eine Tiergeschichte.

Nach 5 Stunden Fahrt mit einem Zwischenstopp erreichten sie einen kleinen Ort an der Ostsee. Die Häuser waren Reetgedeckt und das sah schon gemütlich aus.

Vater bog in einen Seitenweg ein. Links und rechts nur Felder, eine Weide mit Ponys und dahinter ein großer Bauernhof. „Wir sind da!", schrie Andrea, als sie das Ziel erreichten.

Die Eheleute begrüßten die neue Familie und ihre Tochter Merle nahm Andrea gleich in Beschlag. „Ich helfe beim Ausladen und zeige dir dein Zimmer", sagte sie. Eine Katze schlich um Andreas Beine und schnurrte, als wollte sie sie begrüßen. „Das ist ein gutes Zeichen, sie ist sonst nicht so zutraulich", sagte Merle.

Es folgte ein wunderschöner Urlaub mit super Erlebnissen. Andrea hatte über dem Pferdestall ein Zimmer, ganz für sich allein. Sie genoss es, ein eigenes Reich zu haben.

Die letzte Nacht kam und sie kuschelte sich noch einmal in die dicken Federbetten.

Mitten in der Nacht wurde sie plötzlich wach. Die Katze war auf ihr Bett gesprungen und miaute schrecklich. Es roch in ihrem Zimmer nach Rauch. Sie schrie so laut sie konnte und lief nach unten. Durch ihren Schrei weckte sie alle im Haus. Im Stall brannte es und die Pferde waren in heller Aufregung. In aller Eile wurden die Tiere in Sicherheit gebracht. Die Feuerweht rückte an, doch den Stall konnten sie nicht mehr retten, er brannte völlig aus

Andrea klammerte sich an ihre Mutter und da schlich die Katze wieder um ihre Beine. Sie nahm sie hoch, streichelte und küsste sie.

„Du hast mir das Leben gerettet", sagte sie und Tränen liefen ihr über das Gesicht und tropften auf die Katze in ihrem Arm.

Am liebsten hätte sie sie mitgenommen, aber Merle war so stolz auf ihr Kätzchen, weil sie durch ihre Aufmerksamkeit ein großes Unglück verhindert hatte.

Wunder der Natur

Sonnenstrahlen bringen Segen, sind ein Kuss im Frühlingsduft.

Pflanzen, die tief in der Erde, warten, bis die Sonne ruft.

Bündeln ihre ganze Kraft und beginnen aufzusteigen bis die Sonne sie begrüßt und sie ihre Triebe zeigen.

Erst einmal das Grün entfalten, Kräfte sammeln, dass schon bald,

Tausende von Blüten sprießen, auf den Wiesen und den Sträuchern, bis zum fernen Tannenwald.

Alle Maler dieser Erde könnten mischen Tag und Nacht,

Trotzdem gäb' es nur ein Auszug von der ganzen Blütenpracht.

Denn es ist wie bei den Menschen, keine ist der andren gleich.

Größe, Ränder, Blütenstempel, die Natur ist einfallsreich.

Für den Reichtum reicht das Leben eines Menschen wohl nicht aus,

und ich hoff', dass unsre Enkel planen, dass es bleibt das Haus,

Noch für viele Generationen, doch die Menschheit streitet nur,

und so bleibt's ein offenes Rätsel, was geschieht mit der Natur.

Wenn die Menschheit dieser Erde streitet, sich nicht einigen kann,

wird die Lösung der Probleme sicherlich der reinste Wahn.

Darum freuen sich die Senioren, dass in ihren Lebensjahren,

Stress und Hektik, so wie heute, Gottlob nur die Ausnahm waren.

Drum genießen wir die Tage, die das Leben uns noch gibt, denn das Schönste auf der Erde, ist ein Mensch, der Liebe gibt.

Die kleine Tabea

 Marlies und Jan waren schon drei Jahre verheiratet. Sie hatten sich auf einer Aida-Schiffsreise kennengelernt. Diese dauerte nur acht Tage aber sie hatten sich gleich ineinander verliebt und waren seit diesem Urlaub zusammen. Daher brauchten sie auch nicht lange mit der Hochzeit zu warten, denn für Beide war klar, dass sie füreinander bestimmt waren.

Herrliche Tagesausflüge im Donaudelta und nächtliche Partys auf dem Schiff waren der Nährboden für ihre Liebe, die sich auch danach im Alltag bewährte.

Jetzt fehlte zu ihrem Glück nur noch eines. Sie wünschten sich so sehr ein Kind, aber es wollte mit der Schwangerschaft nicht klappen.

Nach gründlichen Untersuchungen stellte sich heraus, dass Jan zeugungsunfähig war. Ein großer Schlag für die beiden Verliebten. Jan hatte Marlies angeboten sich schweren Herzens von ihr zu trennen. Doch das war für Marlies nicht die Lösung.

Nun setzten sie alles daran, ein Kind zu adoptieren. Viele Tests mussten sie über ich ergehen lassen, denn das Wohl des Kindes stand an erster Stelle.

Nach langem Warten konnte die Adoptionsstelle ihnen ein kleines Mädchen von zwei Jahren anbieten. Die Kleine kam aus einer zerrütteten Beziehung wo der Vater drogenabhängig war und die Mutter Alkoholkrank.

Die Beamtin war sich nicht im Klaren, ob sie diesem relativ jungen Paar das Kind anvertrauen konnte. Es wurde ein Treffen vereinbart, damit sie einen ersten Kontakt mit der kleinen Tabea herstellen konnten.

„Ist sie süß", flüsterte Marlies ihrem Jan ins Ohr. Auch er war gleich Feuer und Flamme, als er die Kleine sah. Marlies wollte ihr Gesichtchen streicheln, doch Tabea wich zurück und schlug nach ihr. Völlig geschockt zog Marlies ihre Hand zurück.

„Was habe ich falsch gemacht?", fragte sie. „Nichts Frau Hübner", erwiderte die Beamtin. „Tabea hat einen Schlag erwartet und sich gewehrt." „Wer schlägt denn ein zweijähriges Kind?", fragte Marlies entsetzt.

„Sie kennt in ihrem kleinen Leben bis jetzt nur Hunger, Schläge, laute Stimmen und endlose Einsamkeit, in denen sie oft über Tage allein gelassen wurde."

„Es wird nicht leicht sein, die Geduld aufzubringen bis Tabea langsam merkt, dass Sie sie lieben."

Jan ergriff die Hand von Marlies und sagte:" Kann es etwas Schöneres geben, als dieses Wunder zu versuchen?" „Bei einer Schwangerschaft hätten wir auch neun Monate darauf warten müssen, bis wir unser Kind streicheln könnten."

„Das ist eine Aussage", sagte die Beamtin, „die mich überzeugt." „Ich bin gewiss, dass Tabea bei Ihnen ein liebendes Zuhause finden wird

und dass diese kleine Blüte aufgehen wird

zu einer wunderschönen Blume".

Urlaub für die Seele

Es war ein heißer Sommertag. Die Luft stand fast still und das Fahrrad wartete im Garten auf eine Fahrt den Deich entlang.

Zunächst ging es durch die kleine Stadt, die aber an diesem Tag auch nicht sehr belebt war. Der erste Stopp war an einem kleinen Laden, der neben Obst und Süßigkeiten auch Getränke anbot.

Ich kaufte eine Flasche Selters, verstaute sie in der Tasche auf dem Gepäckträger und bog von der Hauptstraße auf den Deich, der auf einer Seite einen weiten Blick über Wiesen einen kleinen Fluss und alte Weiden freigab.

Die Luft trug einen Geruch von Wasser und Blüten herüber und ich hielt an, um auf einer Bank dieses Stück Natur auf mich wirken zu lassen.

Über den blauen Himmel schwebten kleine weiße Wolken, die wie Wattebälle aussahen und in manchen glaubte ich Gesichter zu sehen. Die Figuren änderten sich so schnell und malten immer wieder neue Bilder an den Himmel. Ich vergaß alles um mich herum und auch in mir breitete sich eine wunderbare Ruhe aus. Erst ein Spaziergänger der mit seinem Hund vorbeikam, holte mich in die Wirklichkeit zurück.

Nur wenige Minuten von den belebten Straßen entfernt hatte ich diese kleine Oase der Stille gefunden. Wie oft war ich daran schon achtlos vorbeigegangen.

Für mich war diese kleine Rast mitten in der Natur ein Geschenk, das meine Seele wahrscheinlich an diesem Tag brauchte um alle Unrast in meinem Inneren zum Schweigen zu bringen und mir wurde bewusst, dass Urlaub für die Seele an jedem Ort möglich ist, wenn wir die Stille in uns hinein lassen.

Fremder Besuch?

Es waren schöne Frühlingstage und wir hatten unsere Gartenmöbel und Auflagen aus dem Keller geholt um den Nachmittag auf der Terrasse zu verbringen.

Da die Terrasse überdacht ist, ist das allabendliche Wegräumen der Polsterauflagen nicht erforderlich und so war die Liege von der Straße einsehbar.

Die Bank vor einem gemütlichen runden Tisch hatte auch eine schöne Auflage, so dass wir immer sagen: „Das ist unsere zweite Wohnstube".

Als ich am nächsten Morgen die Rollos von Tür und Fenster hochzog, war auf der Terrasse ein wüstes Durcheinander. Die Sesselauflagen waren auf dem ganzen Boden verstreut und auf der Bank fand ich Haare. Es sah aus, als hätte dort ein Hund genächtigt. Es war in dieser Nacht nicht stürmisch, so dass man hätte annehmen können, der Wind hätte dieses Chaos verursacht.

Wahrscheinlich hatte wohl ein Obdachloser mit seinem Hund Bank und Liege als Schlafplatz ausgesucht, denn schon am Tag vorher waren mir Haare auf der Bankauflage aufgefallen. Da hatte ich eine Katze vermutet.

Beim Aufräumen fand ich am Rand der Liege eine Sonnenbrille. Sie war niemandem von uns zuzuordnen. Ich hatte sie in den nächsten Tagen draußen liegen lassen in der Hoffnung, dass der heimliche Gast sie holen würde, doch das war nicht der Fall.

So ist der nächtliche Besucher ein Unbekannter geblieben, doch ab dieser Zeit habe ich die Kissen am Abend im Haus verstaut.

Oder würden Sie einem Unbekannten einen Terrassenplatz anbieten?

Zeit genutzt oder vertan?

Die Zeit, sie ist ein ewiges Rad, das niemals stille steht. Bist du noch jung, so läuft es dir zu langsam, wie es geht. So vieles von der großen Welt willst du schneller verstehen. Du hörst nicht gern das kleine Wort vom Warten und Vergehen.

Hast Angst, dass diese Lebenszeit, vergeht ganz ungenutzt. Du könntest sie gestalten doch, ganz herrlich rausgeputzt.

So musst du warten, endlos lang, verstehen kannst du's nicht. Warum darfst du das denn noch nicht, ist es nicht deine Pflicht?

Du möchtest Zeiten überspringen, Volljährigkeit muss her, doch glaube mir, es ist nicht leicht, Verantwortung ist schwer.

In jungen Jahren wirfst du gern, die Wartezeit weit weg. Vielleicht sehnst du dich später mal nach diesem Schatz zurück.

Wenn dich der Arbeit schwere Last, dir kaum noch Freizeit gibt, dann hastest du durch deine Welt, die Lust vergeht am Spiel. Du kletterst und musst oft zurück. War das dein Lebensziel?

Jetzt laufen Jahre schnell vorbei, du fragst ob du wohl schaffst, die Träume, die da einmal waren, reicht dazu deine Kraft?

Je älter du geworden bist, je schneller läuft die Zeit und deiner Jugend Übermut, er liegt unendlich weit.

Jetzt sehnst du dich vielleicht zurück in eine freie Zeit, wo nicht das muss, sondern das kann, den Lebensweg beschreibt.

Die Kraft lässt nach, du sträubst dich noch, doch diese Lebenszeit, wird dir geschenkt, damit die Last dir leichter wird, vielleicht.

Und vieles, was dein Herz geliebt, ist fort, es blieb zurück, es ist nur noch Erinnerung und kommt nicht mehr zurück. Du atmest wieder ohne Druck, wie in der Jugendzeit und blickst nach vorn was kommen mag, wohl in der Ewigkeit.

Die Wasserflasche

Es war vor vielen Jahren. Meine Freundin musste sich einer Gallenoperation unter- Das Krankenhaus war noch nicht mit den neuesten Geräten ausgestattet, aber in den 60iger Jahren war vieles auch noch nicht möglich, was heute zum Standard gehört.

Sie hatte die OP gut überstanden aber dann kamen die nächsten Tage, an denen nichts getrunken werden durfte. Es waren heiße Sommertage.

Ihre Bettnachbarin hatte das alles schon hinter sich und auf ihrem Nachttisch stand eine Saftflasche, auf

deren Etikett ein Tropfen des kühlen Nass hinunterlief.

Noch nie, sagte sie, habe sie so gelitten und sich nach einem Glas Wasser gesehnt.

Heute steht eine Flasche Selters auf dem Tisch und ich erinnere mich an diese Erzählung.

Mir wurde bewusst, was es für so viele Menschen auf unserer Erde bedeutet, kein sauberes, oder gar kein Trinkwasser zu haben.

Mit vollem Genuss trank ich mein nächstes Glas Wasser und dankte aus tiefstem Herzen für dieses erfrischende Nass.

Ein Geschenk unserer Erde, für das wir zu wenig danken, da es ja für uns so selbstverständlich ist.

Bewegungsmelder

Das sind Lampen, die Licht spenden wenn sich in ihrer Nähe etwas bewegt. Dann geben sie Helligkeit und helfen den richtigen Weg zu finden.

Ich hatte eine Zeit, wo ich solch einen Bewegungsmelder nötig gehabt hätte. Um mich herum war alles dunkel geworden und ich konnte den Weg ins Licht nicht ausfindig machen.

Da begegnete mir ein Mensch, der mir von seinen eigenen Schwierigkeiten mit dem verlorenen Weg erzählte. Nie hätte ich vermutet, dass auch er auf der Suche nach einem Bewegungsmelder war, der ihm einen Anstoß geben konnte, die verlorene Richtung wieder zu finden.

Wir erzählten uns gegenseitig unsere Geschichte und erfuhren dabei, dass jeder von uns der Bewegungsmelder war, den wir gesucht hatten.

Licht sprang über und erhellte unseren Weg, bis wir das rettende Haus der Geborgenheit wieder betreten konnten.

Im Stadtpark

Im Stadtpark hatten sich viele Menschen niedergelassen. Auf Bänken, Mauern und auch auf dem Rasen saßen und lagen sie und genossen die warmen Strahlen der Sonne. Manche waren in ein Buch vertieft, andere spielten mit ihren Kindern und alle genossen diese herrlichen, unbeschwerten Stunden.

Ich hatte eine ganze Zeit lang die Bank für mich allein, bis ein junger Mann fragte, ob er sich neben mich setzen dürfte. Natürlich bejahte ich diese Frage. Es war ja schließlich nicht mein Eigentum. Aber wem gehörte die Bank denn? Auf einem Schild an der Rückenlehne stand: „Gestiftet von der Gruppe STERNENSTAUB". Wie kam man denn auf diesen Namen, dachte ich. Können Sterne stauben, fragte ich mich oder war das eine Aussage über eine Gruppe, die für andere etwas vom Sternenstaub auf die Erde bringen will?

Ich fragte meinen Banknachbar, der eigentlich nicht den Eindruck machte, als würde er sich für so etwas interessieren. Doch siehe da, er begann gleich zu erzählen, von einer Gruppe Jugendlicher und Kinder, die kleine Theaterstücke einübten, um sie bei Stadtfesten und in Altenheimen aufzuführen. Er hatte diese Gruppe in einer Phase großer Depressionen kennengelernt und sie hatten seine Probleme mit dem Frohsinn fortgeblasen. Seitdem begleitet er ihre Lieder mit der Gitarre und ihm sei durch sie das Herz aufgegangen.

Ich hatte gar nicht bemerkt, dass er seine Gitarre auch heute dabei hatte. Nun zog er sie aus der Schutzhülle und begann zu spielen.

Einer nach dem Anderen der Parkbesucher kamen näher, um sich in den Bann dieser frohen Melodien ziehen zu lassen.

Am Schluss warfen sie ihm Münzen vor die Füße und klatschen. Er hatte sie spontan aus ihrer Gleichgültigkeit und dem Einerlei des Tages herausgezogen und er bedankte sich musikalisch mit dem Lied:

„Danke, für diese milden Gaben,

Danke, ich sang doch gern für euch.

Danke, vielleicht weckt Sternenstaub auch eure Seelen auf."

Stille am Meer

Der letzte Abend am Meer neigte sich dem Ende zu und ich wollte diese

besondere Atmosphäre von Salzwasser, Möwen, Wind und Wellenschlag noch einmal ganz intensiv in mich aufnehmen. Die Großstadt würde all das schnell wieder aus der Erinnerung löschen, so fürchtete ich.

Ich suchte einen stillen Platz in den Dünen, weit weg vom Getümmel des Badestrandes denn dort herrschte auch noch am Abend reges Treiben.

Nach der letzten Düne, die ich erklommen hatte, legte ich mich in den warmen Sand und schaute den vereinzelten Wolken nach, die lautlos über das Blau des Himmels hinwegzogen.

Bei jedem Wellengang wurden meine Füße leicht umspült und es war, als wenn sie mich streicheln wollten.

War das der Abschiedsgruß des Meeres? Meine Augen gingen bis zum Horizont, wo die Sonne gerade das Wasser zu berühren schien.

Ihr Licht spiegelte sich auf den Wellen und malte eine wunderbare Abendstimmung, dass man glaubte, das Licht wolle die Wellen küssen.

Langsam versank die Sonne Stück für Stück in den Fluten.

Ich lag ganz still, doch da war mir, als hätte ich ein leises Schluchzen gehört. Ja, da war es wieder. Ich ging in die Richtung und sah nicht weit von mir ein junges Mädchen zusammengekauert im Sand sitzen. Erschrocken sprang sie auf, als sie mich sah und wollte weglaufen. Doch ich hielt sie fest und sagte: „Haben Sie auch den Sonnenuntergang gesehen?" So umging ich bewusst die Frage nach ihrer Traurigkeit. „Ja, wie mein Leben, ist sie im Meer versunken", flüsterte sie. „Ja", erwiderte ich, „sie ist scheinbar im Meer versunken-„ „Sie wandert nun auf die andere Seite der Erde um dort Menschen glücklich zu machen oder zu trösten." „Morgen früh wird sie bei uns wieder aufgehen, um uns vom Kreislauf der Liebe und Freude zu erzählen." „Auch Ihre Traurigkeit hat sie mitgenommen und verwandelt sie in die Hoffnung der Liebe." „Glauben sie ihr und lassen sie die Wärme der Sonne in ihr Herz."

„Mit dieser Hoffnung wollen wir nun zusammen heimgehen und morgen die Sonne voll Erwartung begrüßen."

Ich hatte über ihren Kummer nichts erfahren, aber ich hoffte, dass unsere Begegnung ihr einen neuen Schritt nach vorn ermöglichen würde.

Das Gesicht in der Sonne

Wird mein Gesicht auch so angestrahlt?

Welches Licht ist das? Die wärmende Sonne, die alles zum Leben erweckt? Wie lange kann ich diese Wärme aushalten? Sie wird meine Haut verbrennen, vielleicht ehe es jemand gemerkt hat dass ich sie nur gesucht habe, um mein Inneres aus der Erstarrung zu wecken.

Wieviel Wärme kann ein Mensch tanken und wie lange Hält dieser Vorrat, wenn er nicht genutzt wird?

Auch Wärme, die die Seele auflädt möchte abgerufen werden, denn sie ist nicht nur für den Eigenbedarf da.

In dem Bild hat die Figur ein Auge geschlossen und eines geöffnet, um die Strahlen einerseits ganz in sich aufnehmen zu können und sich bis tief in ihr Inneres wärmen zu lassen. Auf der anderen Seite aber den Nächsten zu sehen, dem sie von dieser Wärme abgeben möchte.

Diese Tankstelle, die der Himmel uns anbietet, sollte häufiger angelaufen werden.

Der Akku sollte nicht ganz leer werden, damit immer noch Energie da ist, wenn jemand bei uns andocken möchte.

Es könnte sein, dass er um Wärme und Verstehen bittet. Dann sollte dieses Wärmedepot auf bereit stehen, um angezapft zu werden.

Wir erhalten diese Energie umsonst. Umsonst sollten wir auch bereit sein davon abzugeben. Denn wenn wir nur aufnehmen wird sie überlaufen und sich im Nichts verlieren ohne ihre belebende Kraft eingesetzt zu haben.

Verlorene Kindheit

Geboren in eine Familie, die sich sehnsüchtig ein Kind gewünscht hat. Eine große Liebe wird dann auch diesem kleinen Menschenkind entgegengebracht. Es ist alles so, wie man es sich besser nicht vorstellen kann.

Doch dann kommen oft die Trennung der Eltern und der Streit über das Sorgerecht des kleinen Wesens. Es beginnt mit einem hin und her des Aufenthaltsortes. Mal bei der Mutter, dann wieder beim Vater und der neuen Freundin, die das Kind nur als störend in ihrer Beziehung sieht.

Diese Ablehnung trifft bis tief in die kleine Seele und die schulischen Leistungen leiden unter diesen Streitigkeiten. Wann wird in diesem Leben Ruhe, Ausgeglichenheit und Liebe einziehen?

Die Mutter kämpft und bekommt das alleinige Sorgerecht zugesprochen. Alles scheint damit ein gutes Ende gefunden zu haben. Doch auch sie verliebt sich erneut und auch ihr Freund würde sie lieber ohne das Kind nehmen.

Wieder spürt die kleine Beate, dass sie der störende Faktor in der Familie ist. Sie beginnt sich mit Freunden zu treffen, die ihr nicht gut tun und wird letztendlich wegen Magersucht in die Klinik eingewiesen. Das Jugendamt hat sich eingeschaltet und entzieht der Mutter wegen Vernachlässigung das Sorgerecht.

Jetzt ist sie 15 Jahre alt und hat noch immer kein schönes Zuhause erlebt. Eine alleinstehende Nachbarin findet sie eines Abends, als sie mit ihrem Hund spazieren geht, schlafend auf einer Parkbank und nimmt sie mit nach Hause. Sie fragt sie nach ihrem Namen und erfährt, dass sie gar nicht weit von ihr entfernt wohnt. „Beate, aus der Schlossstraße, da kenne ich deine Mutter, das ist ja ein Zufall." Doch bei dem Wort „Mutter" verhärtete sich der Gesichtsausdruck von Beate und sie wollte plötzlich gehen.

„Alles klar", sagt die Nachbarin. „Wenn du mit deinen Eltern Schwierigkeiten hast, dann will ich das gar nicht wissen, aber wenn du mal jemanden brauchst, dann weißt du ja, wo ich wohne." „Danke", sagte sie „und tschüss." weg war sie.

Lange hörte die Nachbarin nichts von Beate, bis sie eines Tages wieder vor ihrer Tür stand. Sie sah elend aus und kurz nach ihrem Erscheinen klingelte die Polizei an der Tür. Sie fragten nach dem Mädchen und wollten sie mitnehmen. „Was wird ihr denn vorgeworfen", fragte Frau Berger. Der Beamte sagte: „Sie ist aus der Klinik ausgerückt, wo sie wegen Bulimie behandelt wird."

„Mädchen", sagte Frau Berger und nahm sie in die Arme. „Lass dir in der Klinik helfen, ich komme dich auch regelmäßig besuchen." „Wenn du einen Wunsch hast, dann sag es mir, wir schaffen das." Von da an, besuchte Frau Berger sie mehrmals in der Woche und Beate begann sich langsam zu öffnen und aus ihrem Leben zu erzählen. Auch Frau Berger hatte ihr erzählt, dass sie ein Kind hatte, doch ihre kleine Marlene war bei einem Autounfall ums Leben gekommen.

Eines Tages, kurz vor der Entlassung aus dem Krankenhaus sagte Beate: „Wir haben beide keine schönen Jahre hinter uns." „Ich wünsche auch Dir, eine bessere Zeit." „Vielleicht können wir uns weiterhin ab und zu treffen?" Das wollte Frau Berger gern, denn sie hatten sich richtig angefreundet.

Als das Familiengericht für Beate Pflegeeltern vorschlug, meldete sich Frau Berger bei der Behörde. Es dauerte noch einige Zeit, bis der Antrag genehmigt wurde und Beate zu Frau Berger ziehen konnte.

Endlich war ein liebendes Zuhause gefunden. Frau Berger war glücklich Verantwortung übernehmen zu können.

Für Beate war Ruhe eingekehrt und die ersten Jahre der verlorenen Kindheit, mögen immer blasser werden, denn die Liebe hat gesiegt.

Tanzende Herzen

In einer Ausstellung sah ich ein Bild mit vielen Herzen. Es faszinierte mich durch all die leuchtenden Pastellfarben. Ich stand davor und überlegte, welches der dargestellten Herzen wohl zu mir passen könnte

Das Größte in der Mitte war so zart gemalt, dass man es fast übersehen konnte, aber es hatte die anderen um sich versammelt. Ein spitzer Stab traf es in der Mitte. War das ein Zeichen der Verletzbarkeit oder ein Zeichen der Liebe?
Auch die anderen Herzen wurden von diesen Spitzen getroffen.

Herzen, so dachte ich, werden wohl immer getroffen und ins Leben umgesetzt muss man sagen, dass kein Herz Verletzungen ausweichen kann.
Manche trifft es schon, wenn sie noch klein sind, andere werden so stark getroffen, dass sie daran zu verbluten drohen.

Die Herzen auf dem unteren Bild sind blass, doch sie werden schon von dem warmen Licht, das von oben strahlt beleuchtet und lassen der Freude und dem Licht mehr Raum.

Ich möchte schon zu den oberen Herzen gehören, dachte ich. Doch vielleicht bin ich auch das Letzte auf diesem

Bild. Rot von der Liebe angehaucht und etwas berührt vom Licht.

Es steht zwar kopfüber, aber das stört den Reigen der Herzen, die vom Gelb der Sonne erwärmt werden, in keiner Weise.

Jedem Herzen habe ich im Stillen einen meiner Freunde zugeordnet und ich freue mich an dem hoffnungsvollen Tanz im Licht der wahren Sonne.

Ist das vielleicht ein Bild der Ewigkeit?

Tennis

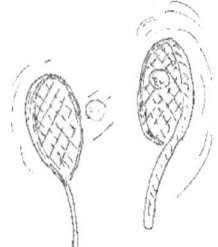 Es war ein warmer Sommertag der zu einem Sparziergang einlud. So schlenderte ich an der Alster entlang und erreichte einen Platz, von dem aus ich die Sicht auf einen Tennisplatz hatte. Ich sitze oft dort und schaue den Spielern zu.

Es fasziniert mich, dem Spiel zu folgen und den Bällen nachzuschauen, die immer wieder von einer Seite auf die andere fliegen.

Es ist wie im Leben. Stets müssen wir auf Dinge reagieren, die uns zugespielt werden und die wir nicht verpassen sollten. So sind wir stets herausgefordert, den uns zugespielten Situationen Einhalt zu gebieten oder zu hoffen, dass unsere Abschläge von der Gegenseite nicht aufgehalten werden können.

Es könnte jedoch auch sein, das wir uns nur mit einem der Balljungen identifizieren können und so den Akteuren durch unsere Zugabe neue Erfolge ermöglichen. Manchmal möchte ich sogar zu dieser Gruppe dazugehören, um nicht wie die Spieler jedem zugespielten Ball nach zu hetzen.
Am liebsten möchte ich die Asse schlagen, um ohne Hetze durchstarten zu können.

Wenn ich mich am Ende des Zuschauens erschöpft ins Gras lege und die Augen schließe, sehe ich die kleinen Bälle vor meinen Augen tanzen und das Lied singen:

Einmal hin, einmal her,
ja, das Leben ist oft schwer.
Einmal hin, einmal her,
wird das Geld wohl dadurch mehr?
Einmal hin, einmal her,
suche Ruhe, das bringt mehr.

Der Sendemast

Wie viele Menschen brauchen ihn? Kontakt zu allen Fernsehsendern. Die Schüssel fängt sie alle auf, jeder bedient sich aus dem Teller.

Da gibt es Comics für die Kinder, Konzerte quer durch die Musik, Theater, Spielfilm, Krimis, Rock, bediene dich, alles liegt bereit.
Das ist nur, was von oben kommt denn Kabel liefert ebenso, in ungezählten Angeboten alles ist frei, nichts wird verboten.

Du klickst am Abend durch das Netz und findest, was dir grad' gefällt und schimpf nicht über Beitragszahlen, wo hast du sonst noch solche Wahlen?

Das Kino wird ins Haus geliefert, auch wenn es regnet, stürmt und schneit.

Du sitzt bei einem Gläschen Wein, sag was kann denn noch schöner sein?

Und doch, trotz der Gemütlichkeit, ist das nicht der Erholung Schluss, denn Angebot im Überfluss, bringt Streit und manchmal auch Verdruss.

Man brutzelt etwas Leckeres, natürlich nur für sich allein, genießt und legt sich dann zur Ruh, denn man ist müde von dem Wein.

Das ist zwar nicht spektakulär, doch gibt es mehr als Filme her.

Der Clown

Ein Gaukler, den wir zunächst vom Zirkus kennen.
Kaum Jemand, der sich seinen Späßen entziehen kann.

Allein durch seine Mimik und seine oft tollpatschigen Bewegungen bringt er die Menschen zum Lachen. Alle Sorgen und Schwierigkeiten des Lebens lässt er für eine kurze Zeit vergessen.

Es ist egal, ob er leicht mit Bällen oder Seifenblasen spielt oder eine gewisse Traurigkeit an den Tag legt. Bei ihm steht an erster Stelle der Versuch, die Menschen aus ihrem Alltagseinerlei herauszuholen.

Wenn er die Manege betritt, verändert sich die Stimmung, die zuvor vielleicht angespannt, ängstlich oder gar bedrohlich war. Denn Darbietungen am Hochseil oder mit Löwen vermitteln eine große Anspannung, die sich erst am Ende durch einen stürmischen Applaus auflöst. Diese Achterbahn der Gefühle verwandelt der Auftritt des Clowns in eine erlösende Heiterkeit und so gehört er unweigerlich zu einer guten Zirkus Veranstaltung.

Sein Auftritt ist also viel mehr als eine Lachnummer.
Wenn wir solch eine Zirkusvorstellung auf unser Leben übertragen würden, dann müssten wir uns fragen, für was

wir solange lernen und üben mussten, bis wir das Gelernte ins Leben übertragen konnten. Ähnlich den Zirkusleuten, die oft sogar Jahre für eine neue Nummer üben müssen und trotzdem nie vor einem Absturz sicher sind.

Der Clown vermittelt mit seinen Späßen immer wieder eine ausgleichende Atmosphäre.

Manchmal zeigt er uns am Schluss auch seine melancholische Seite, wenn die Geige verstummt und der Ball sich an seinen Füßen ausruht.
Lernen wir von ihm, offen für das Leben und aufmunternd für unsere Umwelt zu sein.

Einsamer Baum
und
tanzende Blätter

Ein Baum, er steht so ganz allein.
Um ihn herum ist alles kahl.
Kein Baum, kein Strauch, kein Blumenblatt,
hat er dabei noch eine Wahl?

Ein kleines Bisschen Grün zu sehen
und sei's ein Unkraut nur.
Doch um ihn rum ist alles Stein
von Pflanzen keine Spur.

Der Mensch er kommt mit seinem Hund
und der begießt mich frech.
Ich bin nun mal der einzige Baum
und das ist wohl mein Pech.

Den ganzen Sommer steh ich hier,
bei Hitze und bei Sturm,
ich spende Schatten in der Glut,
kein Danke, höchstens Murren.

Denn wenn die Blätter einmal nass
vom Regen, hör ich oft:
„Ach, diese Blätter fürchterlich,
wie das von oben tropft.

Doch dass auch ich mal trinken muss,
das sehen sie nicht ein.
Für mich ist dieses frische Nass,
wie für sie süßer Wein.

Wenn dann im Herbst der Sturmwind bläst,
ist das für mich der Sport.
Er schüttelt und er rüttelt mich,
trainiert das Steife fort.

Die Blätter tanzen und der Mensch
muss sie zusammenfegen,
Jetzt wart' ich auf ein weißes Kleid,
das Frost und Schnee mir geben.

Mond

Der Mond ist ein ständiger Begleiter unserer Erde. Bei wolkenlosem Himmel schickt er sein fahles Licht auf unseren Planeten und bricht so das Dunkel der Nacht auf.

Von sich aus könnte er dieses Licht nicht senden. Die Sonne strahlt ihn an und spiegelt es zur Erde. Ist sie so besorgt um die Menschen, dass sie die Finsternis aufhellen möchte?
Die Sonne ist lebenspendende Kraft für Mensch und Natur.

Verliebte treffen sich gern in einer mondklaren Nacht, von der ein gewisser Zauber ausgeht.

In unserem Leben brauchen wir Sonnenstunden, um aufzutanken. Ihre warmen Strahlen durchdringen den ganzen Körper und machen ihn lebendig.
Das Licht des Mondes können wir nicht fühlen, aber es bewegt unser Gemüt und setzt träumende Nuancen, die das Blut in Wallung bringen und Gefühle wecken, die tief in unserem Inneren wohnen.
So bewirkt sein Licht, obwohl von einem anderen Planeten gespeist, in mir den Wunsch, von diesem Geheimnis Zeugnis zu geben und ich frage mich:
Welches Licht geht von mir aus? Das Wärmende, das meinen Nächsten erreicht und Liebe vermittelt?
Oder nur das Kalte das meinen Nachbarn innerlich nicht berührt sondern nur wahrgenommen wird und ohne Wirkung bleibt?

Wann beginnt die Nacht in mir, wenn auch das fahle Licht des Mondes mich nicht mehr erreicht? Ein Auf und Ab, mal zunehmend, mal abnehmend bestimmt auch unser Leben.

Doch Ich sehne mich danach,
dass ich vom Licht der Sonne
so stark angestrahlt werde,
dass ich,
wenn auch nur aus zweiter Hand,
meinem Nächsten

Licht und Geborgenheit in seine Dunkelheit bringen kann.

Bauplatz

In einer kleinen Stadt im Norden, von der man sagt, dass dort noch vieles naturbelassen ist, gibt es einen Stadtteil, der vorwiegend von gut betuchten Bauherren bevorzugt wird. Er hat eine vorzügliche Anbindung an die Hansestadt Hamburg und ist so ein beliebtes Baugebiet.
Die Gärten sind gepflegt und eine Verkehrsberuhigung sorgt dafür dass auch Lärm und Abgase die Bewohner nicht belästigen

In der einen Straße in diesem Baugebiet gibt es allerdings seit geraumer Zeit eine Unruhe, die bis in die Stadtverwaltung vorgedrungen ist

Zwei Eigentümer haben bei der Verwaltung Beschwerde eingelegt, weil ein Grundstückseigentümer in dieser Straße sein Grundstück nicht verkaufen will und dieses Grundstück in ihren Augen völlig verwildert ist und nicht in diese Wohngegend passt.

Dieses Grundstück liegt zwischen den Beschwerdeführern, die auf ihren Grundstücken jeweils eine große Villa gebaut haben und deren Gärten einem äußerst gepflegten Park ähneln.

So hat die Stadtverwaltung kurzerhand einen Ortstermin angesetzt, an dem jeder Interessent teilnehmen kann. Unter ihnen ist auch ein voraussichtlicher Käufer eines Grundstückes in dieser Straße.

Sie kommen an den wunderschön gepflegten Häusern vorbei und die beiden Streithähne versuchen, die Besucher auf ihre Seite zu bringen.

Der eine schimpft: „Sehen sie sich unsere schönen Gärten an und dann diese Wildnis hier", und er zeigt auf das Grundstück, auf dem Bäume, Gras und ein kleiner halb zugewachsener Teich zu sehen sind.

„Unerhört, dass die Stadt nichts dagegen unternimmt", schimpft der Andere."

Der Kaufinteressent schaut sich die gepflegten Gärten an und bleibt vor dem verwilderten Grundstück stehen.

„Das ist ein gravierender Unterschied", sagt er. „Aber", und er schlägt kräftig und unverhofft in die Hand des

Besitzers des Streitobjekts und sagt: „Würden sie mir das Grundstück verkaufen, es ist gerade das was ich suche weil es mir zeigt, dass die Natur hier noch nicht ganz vertrieben ist."

Bei diesen Worten zeigt er auf zwei Vogelnester in dem verwilderten Garten und sagt: „Diese Nester wurden noch von den Vögeln selbst gebaut." „Das gefällt mir, dass sie die buntbemalten Vogelhäuser in den Nachbargärten verschmäht haben."

Und zu den Streithähnen gewandt: „Auf eine gute Nachbarschaft, obwohl mein Garten auch nicht so steril sein wird".

Das Herz

Es ist ein kleiner Muskel, der schon im Mutterleib seine Tätigkeit aufgenommen hat. Wenn eine schwangere Frau bei einer Untersuchung zum ersten Mal das Herz ihres Kindes schlagen sieht und es spürt, durchläuft sie eine unbeschreibliche Freude.

Haben wir schon einmal darüber nachgedacht, was unsere Mutter spürte, als sie unseren Herzschlag wahrnahm?

Wir sagen das Herz ist der Ort in dem die Liebe und die Gefühle wohnen. Seit Urzeiten verbinden die Menschen es mit Geborgenheit.
Viele Aussprüche sagen das aus.

Zum Beispiel

Menschen der Zukunft werden die sein, die ihre Herzen in ihren Gedanken sprechen lassen.

Vertrauen ist eine Oase des Herzens, die von der Karawane des Denkens nie erreicht wird.

Im Herzen Jesu findet man die ganze Welt.

Halten wir die Tür für ihn immer offen?
Oder vergessen wir über den Sorgen des Alltags, diese so wichtige Tür zu öffne?

Der Pinsel

Vor mir steht ein Glas mit vielen Pinseln. Borstenpinsel, Rosshaarpinsel, Breite, Spitze und in allen Stärken.

Der Maler weiß genau welchen Pinsel er zu welcher Maltechnik benötigt.
Wenn er mit Ölfarben arbeitet, wird er manchmal sogar auf alle Pinsel verzichten, weil er die Farben auf die Leinwand spachteln möchte.

Mit Borstenpinseln kann er ein großflächiges Bild gestalten und trotzdem kann es eine große Tiefe zeigen, weil das davon abhängt, wie er die Farbe stufenweise in den verschiedenen Nuancen aufträgt. In der Ferne wird er zarte Töne wählen, die im Vordergrund kräftiger werden.

In der Japanische Malerei kennen wir zarte Striche, oft in schwarz, flüchtig auf das Papier geworfen. Diese Technik erfordert einen sehr guten Pinsel bei dem die Spitzen geschmeidig bleiben und sich immer wieder zu einer gleichmäßigen Spitze zusammen finden.

Mancher fragt sich, warum der Maler auf die Reinigung seiner Pinsel so großen Wert legt. Er würde antworten: „Ein Bild ist nur so gut, wie das Material und wie der Maler es in optimaler Weise einsetzt.
Ein guter Pinsel, der die Farbe mit einem Strich so gut platziert, dass keine Korrektur nötig ist, ist also für eine meisterliche Darstellung sehr wichtig.

Dieser Pinsel kann sich wahrlich etwas darauf einbilden, dass er zur kunstvollen Vollendung des Bildes einen großen Anteil für sich verbuchen kann.
Aus diesen Überlegungen resultiert sicher auch das Sprichwort:
„Das ist aber ein eingebildeter Pinsel."

Sommerwind

Sommerwind, wo kommst du her? Wie weit war dein Weg schon, bis du mich sanft berührt hast? Dunkle Wolken, die sich über dem Meer gebildet haben, trugen dich über gelbblühende Felder und Wiesen, auf denen Kühe den Morgen begrüßten. Wippende Gräser, auf denen Käfer und Fliegen in der Sonne ihre Flügel ausbreiteten, damit du, mit deinem weichen Hauch den Schlaf aus ihren Augen wischen konntest.

Doch in den Wolken war helle Aufregung, denn die Sonne hatte dich mit ihrer Kraft aufgeheizt und die Wärme, die auf kalte Zonen traf, ließ Blitze voller Hitze zur Erde fahren. Das war der Beginn Deines Einsatzes. Aus einem friedlichen Wehen wurde ein kräftiges Blasen, das sich in kurzer Zeit zum brausenden Sturm entfaltete. Die Bäume neigten sich so tief, dass sich sogar bei den Menschen ein Unbehagen einstellte, dem sie sich nicht entziehen konnten.

Doch dann gebot eine unsichtbare Macht sogar dir zu schweigen und die Luft am Firmament schien von einer zur anderen Minuten völlig still zu stehen. Eine drückende, unheimliche Schwüle zog sich über den dunkelverhangenen Himmel bis ein beißend greller Blitz aus den Wolken zur Erde fuhr, der von einem lauten Krachen begleitet wurde.

Ein heftiger Windstoß fegte hinterher und riss alles, was lose lag oder hing mit sich.
Die Wolken öffneten ihre Schleusen und ein brausender Windstoß peitschte den Regen über Felder, Flüsse und Häuser. Doch nur eine kurze Zeitspanne war es dir

vergönnt, deine Kraft und Stärke zu zeigen, denn schon nach diesem kurzen Gastspiel war alles wieder still und wartete auf den nächsten Einsatz.

Über unserem Land blieb es ruhig aber an anderer Stelle wurde deine Kraft noch gebraucht. Du zeigtest uns, dass aus einem leisen säuselnden Wehen eine Kraft erwachsen kann, die von uns Menschen nicht zu beherrschen ist.

Können auch Menschen aus einem liebenden Miteinander durch einen inneren Aufruhr zu einer stürmischen Gefahr für ihre Mitmenschen werden?

Denn Liebe und Hass, liegen oft nah beieinander.

Barmherzigkeit

Gibt es Tage, wo die Seele,

frei und fröhlich atmen kann?

Wo der Tag nur so verging

und verraucht, wie er begann?

Das waren dann erfüllte Stunden,

die verflogen, wie der Wind.

Keine Flecken hinterlassen,

rein und sorglos, wie ein Kind.

Diese wünschen wir uns alle,

doch wir wissen, dass die Welt,

uns mit ihren Fesseln bindet,

Anerkennung, Lob und Geld.

Lasst uns finden neue Wege,

lernen die Gelassenheit

und die echten Werte suchen,

Liebe und Barmherzigkeit.

Dämmerung über der Elbe

Dämmerung über der Elbe. Ich war mit dem Fahrrad auf dem Deich entlanggefahren. Es ging dem Abend zu und der Himmel warf ein fades Licht auf die Landschaft.

Ich liebe diese Zeit des Übergangs vom Tag zur Nacht. Diese Abendstimmung lässt noch einmal die Erinnerung an den vergangenen Tag lebendig werden und ich kann dankbar alles, was die Stunden des Tages gebracht haben, an mir vorüber ziehen lassen.

Als ich am Fährhaus angekommen war und zum Fähranleger fuhr, begann die Sonne in die Elbe abzutauchen und färbte das Wasser rot.

Ein herrlicher Anblick, den viele in dieser Stunde suchen.

Ich sah in diesem Feuerball die Dinge des Tages, Schweres und Leichtes, mit der Sonne in den Fluten versinken.

Alle Schwermut, die mit ihnen verbunden war, verblasste langsam und zurück blieb ein rosa gefärbter Himmel.

Es war, als wenn die glühende Sonne alles Dunkel  verbrannt hätte und zurück blieb ein weißer Nebel, der über dem Wasser schwebte, wie ein Hauch der befreiten Seele.

Das kleine Perlhuhn Pinki

 Fritzchen war der Sohn von Bauer Huber. Dieser hatte einen großen Bauernhof mit Kühen, Pferden, Schweinen, Hühnern und einem stolzen Hahn, der die Hühnerschaar beherrschte. Wenn er früh am Morgen seinen Weckruf erklingen ließ, dann mussten alle Hühner aufstehen.

Das kleine Perlhuhn Pinki versteckte sich meistens unter dem Stroh, weil es noch so müde war, dass es seine kleinen Augen gar nicht aufhalten konnte.

Die großen Hühner schimpften und sagten: "Wenn du nicht aufstehst und der Hahn merkt, dass einer fehlt, dann dürfen wir alle erst Körner picken, wenn der Hahn Morgenschrei, es erlaubt hat."

So hatte sich Pinki überreden lassen und war zur Futterstelle gehüpft. Doch schon auf dem Weg fielen ihm die Augen vor Erschöpfung wieder zu und es konnte kein Korn mehr sehen.

Deshalb schlich sich Pinki meistens etwas später zum Futterplatz und fand für den kleinen Magen immer noch genug Körner, die die großen Hühner verloren hatten.

Doch eines Tages, als Pinki wieder später das Hühnerhaus verließ, sah es eine schwarze Katze herumschleichen. Diese hatte schon einmal eine junge Henne totgebissen.

Pinki lief nicht weg, sondern blähte ihre kleinen Federn auf, dass es noch einmal so groß war, schlug mit den Flügeln und schrie so laut, dass es alle hören mussten.

Der Hahn hatte es als Erster gehört. Er flog auf die Katze zu und pickte sie mit seinem spitzen Schnabel kräftig auf den Rücken, dass das schwarze Ungeheuer jaulend davonjagte.

„Das hast du gut gemacht", krächzte der Hahn, „zur Belohnung darfst du von jetzt an jeden Tag länger schlafen."

Das war für Pinki das schönste Geschenk, das man dem kleinen Perlhuhn machen konnte, denn es war ja schließlich ein Lebensretter.

Geborgenheit

 Wann erleben wir Geborgenheit? Unbewusst schon im Mutterleib. Es ist zwar alles dunkel, aber uns umgibt eine wohlige Wärme und das Gefühl, dass es keinen schöneren Ort geben kann.

Wir hören die Stimme der Mutter und auch wenn wir einmal durchgeschüttelt werden, nehmen wir das leichte Streicheln von Mutters Händen war und spüren, dass wir geborgen sind.

Doch dann kommt plötzlich eine große Unruhe, die uns aus der schönen Wohnung vertreiben will. Wir haben Schmerzen und Mutter stöhnt. Wir gleiten in eine andere Welt, die kalt und ungemütlich ist und wir schreien unseren Protest heraus.

Es nützt aber nichts. Ein Zurück gibt es nicht. Alles ist neu, aber Mutter hält uns ganz fest, streichelt uns und spricht mit uns.

Es ist alles anders, doch wir spüren die Geborgenheit, die uns umgibt und Ruhe spendet.

Jetzt gehen wir auf eine andere Tür zu, die wir am Ende unseres Lebens ebenfalls durchschreiten müssen.

Wird dieser Durchgang auch so eng und schwierig sein?

Wir hoffen, dass uns auch danach jemand in die Arme nimmt und uns jene Geborgenheit schenkt, die wir am Beginn unseres Lebens erfahren durften.

Ist das Ende ein Zerschmelzen mit der Geborgenheit des Anfangs?

Ein Lebenstraum

Wer träumt nicht gern und malt sein Leben in
wunderschönen Farben aus?

Und das beginnt schon bei den Kleinen

mit Wünschen von Puppen und Spielzeughaus.

Mit Autos, die auf Schienen fahren.

und Eisenbahn mit vielen Wagen

und wenn man älter wird, dann kommt,

der Führerschein mit 17 prompt.

So geht es weiter mit den Träumen,

Berufswahl, lernen, nichts versäumen,

man erwartet höhere Ziele,

die dann erfüllen der Wünsche viele.

Bei dieser ganzen Lebensplanung,

da gibt es leider keine Warnung

vor krummen Wegen und ein Halt,

das kommen kann und auf uns prall.

Auch das muss unser Leben packen,

dann muss man kleine Brötchen backen.

Die schmecken zwar nicht ganz so gut,

es geht vorüber, habe Mut.

Denn erst die kleinen Stopps des Lebens,

sind wichtig und auch nicht vergebens.

Auch jede Frucht braucht Zeit zum Reifen,

so auch der Mensch, wenn wir begreifen,

dass jedes Ding hat seine Zeit,

dann ist Erfüllung nicht mehr weit.

Der Lebenstraum ist greifbar nah,

es liegt dazwischen manches Jahr.

Wir gehen durch ein Rosen Tor

und standen doch so lang' davor.

Wir sehen ein – O Mensch bedenk,

es ist von oben ein Geschenk.

Der Gartenzwerg

In unserer Stadt lebte eine Frau, die in ihrem kleinen Vorgarten eine große Zahl von Gartenzwergen aufgestellt hatte.

Jedes Jahr im Frühjahr, wenn sie aus ihrem Winterquartier herausgeholt wurden, bekamen sie ihren Platz. Dieser Platz war aber nie der, den sie im vergangenen Jahr hatten, denn es gab immer wieder neue

Lebenssituationen, die dargestellt wurden. So warteten schon viele auf die Eröffnung der Zwergen Parade. Man konnte auch nicht vorübergehen, ohne stehen zu bleiben und sich an dem wunderschönen Arrangement zu erfreuen.

Ich habe mich immer gewundert, dass die Zwerge nicht heimlich verschwanden. Die Zeit hat sich geändert. Ich glaube, dass bei der Vielzahl der zerstörerischen Übergriffe in unserer Zeit dieses kleine Zwergenparadies keine Überlebenschance haben würde. Dieser kleine Mann stand übrigens auch da und zeigte den Besuchern, wie viel Arbeit zur Gestaltung von Nöten war, um uns zu erfreuen.

Den Kindern konnte man viele Märchen erzählen, deren Figuren dort zu finden waren. In den dunklen Stunden war alles noch beleuchtet und vermittelte einen noch größeren Zauber. So einige haben es belächelt,

doch ich denke, dass diese Zwergen Schaar in so manch einem schöne

Kindheitserinnerungen wachgerufen haben, in einer Welt, die zum Träumen kaum noch Zeit hat.

Die Büste

Eine junge Frau wird in einer Büste dargestellt. Warum zeigt man bei solch einer Arbeit nur Kopf und Halsbereich?

Hatte der Künstler keine Lust, einen ganzen Körper zu modellieren?

Oder meinte er, in dem Gesicht alles ausdrücken zu können, was diese Persönlichkeit ausmacht?

Er legte keinen Wert auf Haare und Frisur, jedoch auf das Auge. Es sieht interessant und interessiert aus. Neugierig auf seine Umgebung.

Mit einem leicht verschmitzten Lächeln um den Mund sieht es aus, als ob die dargestellte Figur sich über ihre Betrachter amüsiert.

Es kann sogar eine geheime Neugierde aufkommen, was sie da wohl vor sich sieht.

Hier hat der Künstler Stärke, Überlegenheit und Schönheit durch die tote Materie zum Leben erweckt. Eine Leistung, die beeindruckt.

Der Freund

 Die Freundschaft ist ein Teil vom Leben und wer sie hat, kann sich glücklich schätzen, denn ein Freund ist mehr als ein Bekannter. Auf einen Freund kannst du dich verlassen in guten und in schlechten Tagen. Du brauchst keine Angst zu haben, dass du etwas sagst, was ihm nicht passt und er sich daraufhin zurückzieht. Nein, er kennt deine Macken, so wie du die seinen. Gerade das macht eine Freundschaft aus. Du kannst dich so geben, wie du bist und wirst trotzdem geliebt.

Fritz war so ein Freund. Er kam aus einem kleinbürgerlichen Elternhaus und hatte nach dem Schulabschluss eine Lehre im Baugeschäft absolviert. Weil er tüchtig und verantwortungsbewusst war und sich mit den Kollegen gut verstand, hatte er es bis zum Vorarbeiter gebracht. Jetzt war er für 30 Kollegen verantwortlich. Er verdiente ein gutes Gehalt, das für seine Frau und zwei Kinder reichte.

In der Schule war er viel mit seinem Freund Karl zusammen gewesen aber er hatte ihn aus den Augen verloren, als dieser mit den Eltern nach Hamburg zog.

Bei einem Besuch in der Hansestadt, sah er am Straßenrand einen Mann sitzen. Fritz blieb stehen, um ihm etwas in den bereitstehenden Karton zu werfen. Er stutzte, weil er ihn zu erkennen glaubte. Dieser hatte ihn wohl auch erkannt, denn er drehte sich zur Seite.

Fritz stieß ihn an und sagte: „Mensch Karl, was machst du denn hier?" „Komm steh auf!" „Das Wiedersehen müssen wir wie früher mit einem Bier und wenn du möchtest mit einem kleinen Mittagessen feiern." Zunächst wollte er nicht, aber Fritz sagte: „Komm, wir sind doch ‚Freunde, oder gilt das nicht mehr?" Zögernd ging er mit und im nächsten kleinen Imbiss setzten sie sich und bestellten etwas zu Essen. „Ich lade dich heute ein. So wie früher, Bratwurst, Pommes und ein Bier?"

Da merkte Karl, dass Fritz es ehrlich meinte.

Dann begannen sie zu erzählen. Karl wusste schon lange, was Fritz machte, hatte aber wegen seines Lebenswandels den Kontakt gemieden. Er dachte, Fritz wolle mit so einem Versager nichts mehr zu tun haben.

Fritz erfuhr, dass der Vater von Karl bei einem Verkehrsunfall ums Leben gekommen war und danach hatte die Mutter angefangen zu trinken. Karl wollte sie nicht allein lassen und hatte seine Schreinerlehre abgebrochen. Die Mutter war vor einem Jahr verstorben. Unter einer Brücke hatte man sie tot aufgefunden. Das alles war für Karl zu viel. Er gab alles auf und lebt nun auf der Straße.

Fritz war geschockt aber auch ein wenig enttäuscht, weil Karl sich nicht bei ihm gemeldet hatte.

„Jetzt hört das aber auf", sagte er, „du kommst mit zu uns." „Ich habe ein Gartenhaus, indem du zunächst wohnen kannst." „Ich würde dich auch gern in unserem Betrieb sehen."

Danach nahmen sie sich in die Arme und Fritz sagte: „Einmal Freunde, immer Freunde", und Karl nickte dankbar.

Es kam, wie Fritz es vorhergesagt hatte. Karl arbeitet jetzt schon eine ganze Zeit in der Firma mit Fritz zusammen. Endlich hat er das gefunden, nachdem er sich so lange gesehnt hatte.

Er hat nun eine kleine Zweizimmerwohnung bezogen und wird zu allen Familienfesten bei Fritz eingeladen.

Der Traum von einem richtigen Zuhause hat sich endlich erfüllt.

Liz, das Mädchen aus Peru

Hoch in den Anden, wo das Leben für die Menschen besonders schwer ist, lebte Mishel eine Frau, die sich und ihre 4 Kinder mühsam durch den Anbau von Mais und Quinoa, mit unserer Hirse verwandt, und ihren drei Hühnern, die das nötige Eiweiß lieferten, ernährte.

Vom frühen Morgen bis in den Abend war sie damit beschäftigt, den Unterhalt für die Familie aufzubringen.

Ihr Mann war vor einigen Monaten bei dem Versuch in den Bergen ein Heilkraut zu finden, abgestürzt und man konnte ihn nur noch tot ins Tal bringen.

Jetzt war sie wieder schwanger und sie wusste, dass das Leben nach der Geburt dieses Kindes noch schwerer werden würde.

Von der Missionsstation in Peru kam zwar jeden Monat jemand in ihr kleines Dorf und brachte den Menschen Medikamente und Trockenmilch für die Kinder, doch es reichte nicht hin und nicht her. Der Hunger nagte an allen und oft musste Mishel ihre Kinder mit hungrigen Mägen am Abend auf die Matte am Boden legen. Sie sang sie ganz leise mit den alten Peruanischen Liedern in den Schlaf und oft schlief auch sie dabei ein, denn auch sie wurde immer schwächer.

Die Bewohner des kleinen Dorfes halfen sich untereinander und wenn Mishel einmal in die Stadt musste, passte ihre Nachbarin auf die Kinder auf.

Es war eine anstrengende Fahrt auf einem alten Karren, der von einem Maultier gezogen wurde und in der Stadt saß sie dann meistens auf der Treppe eines Hauses und bot selbstgebastelte Untersetzer aus Stroh an.

Es brachte nur ein paar Sol aber dafür konnte sie für ihre Kinder Hefte und Stifte kaufen, damit sie in der kleinen Schule im Nachbarort etwas lernen konnten, denn ihnen sollte es einmal besser gehen als der Mutter.

Eines Tages kam ein Auto ins Dorf und brachte eine blonde Frau mit. Der Dorfsprecher stellte sie vor und sagte. „Sie kann keine eigenen Kinder bekommen und möchte sich ein Kind aus unserem Dorf mitnehmen." „Es würde ihm sehr gut gehen und es brauchte nicht mehr zu hungern."

Mishel überlegte, doch in ihrem Herzen fand sie keinen Platz für diesen Gedanken. Doch dann sah sie ihre hungrigen Kinder und überlegte, ob sie sich nicht vielleicht von dem Kind trennen könnte, das sie noch unter ihrem Herzen trug, denn sie hatte es ja noch nicht gesehen, nur gespürt. Die Frau zeigte ihr ein Bild, wo ihr Kind wohnen würde und versprach ihr immer zu schreiben, damit sie ihr Kind nicht vergisst.

So willigte sie ein und es dauerte noch mehrere Wochen, bis zur Geburt. Gleich danach sollte das Baby in einem Heim warten, bis alle Formalitäten für die Adoption beisammen seien. So geschah es. Mishel musste das Krankenhaus nach der Geburt sofort verlassen. Doch sie schlich mehrmals hin und ihr Herz blutete, wenn sie die Kleine sah, der sie heimlich den Namen Liz gegeben hatte.

Doch eines Tages war ihre Kleine nicht mehr da. Sie bekam das versprochene Geld, aber in ihrem Herzen war eine so große Einsamkeit, dass sie Mühe hatte, in der darauffolgenden Zeit ihre Kinder zu versorgen.

Sie wurde krank und ein Priester kam zu ihr, brachte ihr ein Bild von ihrer kleinen Liz und sagte:

„Du hast deinem kleinen Mädchen den Namen Liz gegeben", weißt du auch, was er bedeutet?"

„Gott ist zufrieden". „Er will dir damit sagen, dass er mit deiner Entscheidung zufrieden ist und der Herr wird im fernen Land immer auf deine kleine Liz aufpassen."

Das hatte Mishel getröstet und manchmal, wenn sie an ihre Kleine dachte, huschte ein Lächeln über ihr faltiges Gesicht und vermischte sich mit einer Träne.

Der lachende Clown

In einer kleinen Stadt am Rande des Harzes, sollte ein Fest stattfinden und das Planungsteam suchte Gruppen und Einzelpersonen, die auf dem Marktplatz Lieder, Tänze und vieles mehr darbieten konnten.

Viele Vorschläge lagen schließlich auf dem Tisch, aus denen ausgewählt wurde was möglich und auch interessant war. Chöre, Tanzkreise, Turngruppen und Wettkämpfe. Es versprach, eine bunte Veranstaltung zu werden.

Das Programm stand eigentlich schon fest, als aus der Gemeinde noch ein Vorschlag kam. Ein Mitglied des Gemeinderates kannte einen kleinen Mann, der auf den Spielplätzen der Stadt die Kinder zum Lachen brachte.

Er kommt ganz spontan als Clown auf den Platz und im Handumdrehen sammeln sich die Kleinen und ihre Mütter um ihn. Er hat immer einen Ball und eine Geige dabei.

Auf dem Ball sind kleine Figuren gemalt. Prinzessinnen, Zwerge, Könige, ein Teufel und eine Katze. Er macht einen tiefen Diener und die Kinder grüßen ihn ebenso. Dann beginnt er um den Ball herumzulaufen und alle Kinder laufen hinter ihm her.

Danach macht er ein Zeichen, dass sich alle setzen sollen. Er stellt sich vor sie hin, legt den Ball vor sich auf den Boden und beginnt ihn zu drehen. Immer schneller, so dass es aussieht, als ob die Figuren darauf lebendig werden und dazu erzählt er ihnen das Märchen von einer Stadt, die vom Teufel beherrscht wurde. Doch eines Tages kam ein Prinz und befreite sie und es sah wirklich so aus.

Der Prinz stand am Anfang der Figuren und war größer als die anderen.

Beim Drehen des Balles verwischten sich die kleinen Figuren, dass es aussah, als seien sie alle umgefallen. Nur der Prinz bleibt stehen.

Die Kinder jubelnd vor Begeisterung und wollen es immer wieder sehen.

Wenn das Spiel beendet ist, nimmt er seine Geige und während er spielt, hüpft er lachend davon. Die Kinder klatschen, bis sie ihn nicht mehr sehen.

Die Spielleitung wollte ihn engagieren, doch er macht zur Bedingung, nur vor Kindern zu spielen.

Er sagte: "Nur die Kinder können meine Seele zum Lachen bringen und dann kann ich auch meine Geschichten erzählen. Und so geschah es.

Ein kleines Haus hinter dem Deich

In diesem Haus wohnte die Liebe. Für zwei Menschen war es ein Zuhause, doch sie wohnten allein, weil ihnen Kinder verwehrt wurden.

Dann kamen Flüchtlinge in das Dorf und sie wurden auf die einzelnen Häuser verteilt. Diese zwei Menschen jedoch, sahen eine Frau mit zwei Kindern vorbeigehen, sprachen sie an und fragten, ob sie nicht bei ihnen wohnen wollten. Sie hatten jedoch nur ein kleines Zimmer von 3,50 x 3,50m zur Verfügung. Die Mutter sagte gerne zu, weil sie spürte, dass dieses Ehepaar sich auf das Zusammenleben mit ihnen freute. Es wurde eine wunderschöne Zeit, in der sich die Flüchtlinge angenommen fühlten. Das Ehepaar nahm die beiden Flüchtlingsmädchen wie ihre eigenen Kinder an. Sie aßen mit am Tisch und die beiden Mädchen fühlten sich bald wie zu Hause.

Die Mutter jedoch wartete sehnsüchtig auf ein Lebenszeichen ihres Mannes, auf das sie lange vergeblich hoffte. Doch auch diese Bitte wurde ihr erfüllt und auch den Vater der Kinder nahm man zunächst in dem kleinen Haus mit auf.

Nach einiger Zeit zogen sie in eine größere Wohnung, weil der Vater Arbeit gefunden hatte und die Mutter half auf den Feldern und verdiente ein kleines Geld zum Lebensunterhalt dazu. Obwohl die Bewohner des kleinen Hauses auch nicht viel hatten, gaben sie was sie konnten, damit sich die zugezogene Familie wohlfühlen konnte. Nie wird diese Hilfsbereitschaft in Vergessenheit geraten, denn die Liebe ist ein Band, das nie zerreißt..

Sie heilt, lässt Freundschaft wachsen und gibt Geborgenheit.

Verträumte Gassen

Diese kleinen Gassen sehen unscheinbar aus, doch sie haben einen besonderen Reiz. Die Häuser sind alt und der Blick auf das alte Rathaus der Stadt, hat mich schon immer Fasziniert. Früher war der Ratskeller in diesem alten Gemäuer ein beliebter Treffpunkt für die Bürger der Stadt und ich habe es mir immer ausgemalt, wie man im Ratskeller diskutierte und feierte.

Diese alten Häuser erinnern noch an Ereignisse, die ich nur aus Erzählungen kenne. Dass die Herzogin Dorothea mit harter Hand regierte und selbst Urteile fällte, die auf dem Scheiterhaufen vollstreckt wurden.

In den alten Gewölben des Schlosses soll es noch Zeichen der Folterungen geben.

Es war eine harte Zeit im Vergleich zu heute. Man war noch enger verbunden mit der Kirche, die auch der Mittelpunkt in den Orten war.

Am Eingang einer dieser Gassen gab es eine alte Apotheke, die auch heute noch im Familienbesitz bewirtschaftet wird und auch hier ist die Zeit nicht stehengeblieben.

Viele in dieser Stadt können sich noch daran erinnern, dass sie früher mehrmals in der Woche angefahren wurde.

Im Nachbarort behandelte der Schäfer Ast die Menschen. Er erkannte viele Krankheiten in den Haaren der Hilfesuchenden und hatte erstaunliche Heilerfolge.

Bis nach Amerika hatte sich seine Heilmethode herumgesprochen und so ging die von ihm verordnete Arznei, sogar über den großen Teich.

Meine Schulfreundin hatte böse Furunkel, also fuhren die Eltern mit ihr zu Schäfer Ast. Er hatte ihr die schönste Locke zwischen den Zöpfen abgeschnitten. Sie war wütend, aber die Medizin half und sie war schon bald geheilt, was bis dahin ja nicht geschehen war.

War es nun Hokuspokus oder doch eine Gabe, die er von seinem Vater geerbt hatte?

Die Menschen glaubten an ihn. Er heilte sie, denn viele konnten sich zu der Zeit einen Arzt gar nicht leisten.

Wanderung durch die Heide

In der Schule stand der nächste Ausflug an. Natürlich ging es, wie immer, in die Heide. Unser alter Lehrer von Seebach liebte diese Landschaft und wir Kinder wussten schon, dass es, wie immer, durch den Totengrund ging.

Proviant hatten wir in unserem Rucksack und natürlich etwas zu trinken, denn die Wanderung dauerte 1 – 2 Stunden. Als die ersten anfingen schlapp zu machen, hieß es: "Hinsetzen und ausruhen."

Jeder packte sein mitgebrachtes Brot aus und trank aus der Wasserflasche. Einige hatten einen Obstsaft mit, da bekam man vielleicht einen Schluck ab. Einige liefen in die Umgebung, doch wir sollten uns nicht zu weit von unserem Lagerplatz entfernen. Von Seebach rief zum Appell und alle standen bereit, bis jemand sagte: "Die Rosemarie fehlt, sie wollte ein Stück in den Wald gehen."

Große Aufregung, alles rief ihren Namen, aber es gab keine Antwort. Der Lehrer und eine Mutter, die uns begleitete, nahmen sich je zwei Kinder und gingen suchen. Lange hörten wir nichts von ihnen. Nach einer halben Stunde erschien der Lehrer mit Rosemarie. Sie war zu einem kleinen Schafstall gegangen und als sie zurück wollte, hatte sie die Orientierung verloren.

Zu Allem Übel kam sie auch noch bei Bienenstöcken vorbei und hatte sich mehrere Stiche eingefangen. Sie jammerte. Lehrer von Seebach verarztete sie mit einer kühlenden Salbe und dann ging es weiter.

Der Heideort Wilsede war der nächste Stopp. Das Museum mit den alten Katen, in denen die Menschen damals sehr eng beieinander wohnten, wie sie kochten und ihr Wasser holten, war immer wieder interessant.

Rosemarie dachte nur an den langen Heimweg und wollte nicht mehr laufen.

Das war auch nicht nötig, denn der Lehrer hatte eine Kutsche bestellt, die uns an den Ausgangspunkt zurück fuhr. Hatten wir das dem Ungeschick von Rosemarie zu verdanken? Ihr Mitschüler sagte „Dafür lass ich mich nächstes Jahr auch von den Bienen stechen."

Die Tante mit dem Sonnenschirm

 In früheren Jahren fuhr man nicht oft in Urlaub. Selbst die Fahrt mit der Eisenbahn nach Hamburg war schon ein Ereignis, auf das man sich lange im Voraus freute. So ging es auch Erna. Sie war die Tochter des Dorfschusters und war noch nie mit der Eisenbahn gefahren, geschweige denn in eine große Stadt.

Sie war völlig aufgeregt und drückte ihre Nase an das Fenster des Zuges, damit sie auch alles sehen konnte, was da an ihr vorbeiflog. Obwohl es flog ja nicht vorbei, denn so schnell fuhr der Zug gar nicht. Doch für sie war es rasend schnell, denn sonst saß sie nur auf dem Kutschbock neben ihrem Vater.

Am Hauptbahnhof stiegen sie aus und die vielen Leute machten sie ganz nervös. Sie hielt sich bei der Mutter krampfhaft fest, denn wenn sie sich verlaufen hätte, wäre sie verloren gewesen, glaubte sie.

Mutter lenkte gezielt auf die Hauptstraße zu, denn sie wollte für Erna ein Kleid zu ihrem Geburtstag kaufen.

Erna wunderte sich, dass Mutter sich hier auszukennen schien. „Warst du schon einmal hier?" „Ja", sagte Mutter, „ich habe hier einmal gewohnt ehe ich Vater geheiratet habe." Das hatte sie niemandem erzählt. So ging Erna ganz stolz neben Mutter her.

Es war sehr heiß an diesem Tag und Erna sah Frauen, die einen Schirm aufgespannt hatten. Sie fragte: „Warum haben die einen Schirm aufgespannt es regnet doch gar nicht?" Mutter lachte: „Das ist ein Sonnenschirm, sie schützen sich vor den Sonnenstrahlen." Erna lachte und dachte, ach deshalb sind die alle so käseweiß. Soll das etwa schön sein, ich finde, die sehen alle krank aus.

Mutter sagte: "Das ist ein Zeichen, dass sie nicht auf dem Feld oder draußen arbeiten müssen."

„Da bin ich aber lieber braun, als dass ich aussehe wie der wandelnde Tod", sagte Erna.

Mutter behielt das Geheimnis für sich, dass sie als junges Mädchen auch so einen Sonnenschirm besaß und ihn auch stolz getragen hat.

Weihnachten in einem kleinen Dorf in den Bergen

In einem kleinen Holzhaus lebte eine Frau mit zwei Kindern. Den Unterhalt holten sie sich weitgehend aus den Wäldern, denn der Weg bis zur nächsten Ortschaft war weit und beschwerlich. Ihr großes Kind war 8 Jahre und der kleine Thomas erst 5. Als der Vater noch lebte, war das Leben in der Einsamkeit zu ertragen, denn er kam immer am Wochenende aus dem entlegenen Sägewerk, wo er arbeitete, nach Hause und brachte das Nötigste zum Leben mit.

Im Winter jedoch, wenn der Schnee zu hoch lag, konnte er den langen Weg in zwei Tagen nicht schaffen. Doch die Familie hatte Nahrung und genügend Brennholz, dass es im Haus gemütlich warm war.

Im vergangenen Winter jedoch, war ihr Mann und der Vater der Kinder beim Fällen eines Baumes erschlagen worden.

Zunächst wollte die Mutter mit den Kindern ins Tal ziehen, aber sie fand keine Wohnung. So blieben sie in der kleinen Hütte.

Doch dann war der Winter zu lang geworden und die Nahrungsmittel waren erschöpft. Da machte die Mutter sich am Heiligen Abend mit ihren Kindern auf den Weg ins Tal.

Es war bitter kalt und ihre Habseligkeiten zog sie auf einem Schlitten hinter sich her.

Es war schon dunkel geworden und die verschneiten Wege waren nicht mehr zu erkennen. So setzte sie sich auf einen Baumstumpf und betete mit den Kindern, dass das Jesuskind ihnen doch den Weg zeigen möge. Die Angst schlich in ihr hoch, als der kleine Thomas auf einmal rief: „Mutter, da oben steht ein weißer Hirsch", und richtig, auf einer Lichtung zwischen den Tannen sah auch sie einen Hirsch stehen. Er war vom Mondschein angestrahlt und zeichnete sich weiß von den dunklen Tannen ab.

„Ich glaube", sagte Thomas, „er will uns den Weg zeigen."
Sie nahmen ihre Sachen und gingen weiter in diese Richtung und als sie den Platz erreicht hatten, wo der Hirsch gestanden hatte, sahen sie die Häuser des Dorfes und die Kirche, deren Fenster hell erleuchtet waren.

Dankbar traten sie in die Kirche und Thomas legte sein letztes Stückchen Brot, das er noch hatte, dem Jesuskind in die Krippe.

Die Dorfbewohner nahmen sie auf und so fanden sie auch ein neues Zuhause.

Die Freundschaft zwischen Tobi und Blinki

 Es war ein bitter kalter Winter. Der Wald war tief verschneit und die Bäume stöhnten unter der Last des Schnees, der auf den Ästen lag. Sie sehnten sich nach einem kräftigen Sturm, der sie von der Last befreite, aber es ging kein Lüftchen.

Tobi stapfte an diesem Abend mit seinem Vater, der Förster war, durch den hohen Schnee im Wald.

Sie wollten den Tieren an diesem Heiligen Abend neues Futter in die Krippe legen, wo Hirsche und Rehe sich trafen, um ihren Hunger zu stillen.

Zunächst half Tobi dem Vater die Krippe neu zu füllen und dann begann die Zeit des Wartens. Ganz still musste Tobi sein, damit die scheuen Tiere des Waldes ungestört die Nahrung aufnehmen konnten.

Ganz langsam kamen sie und versammelten sich an der Futterstelle. Tobi schaute immer wieder nach allen Seiten, aber er konnte das kleine Reh, dem er den Namen Blinki gegeben hatte, weil es am Kopf einen weißen Fleck hatte, der im Dunkeln leuchtete, nicht sehen. Warum kam es denn nicht? Fragend schaute er Vater an aber auch er zuckte nur mit den Schultern und Tobi sah, dass auch Vater sich Sorgen machte. Doch dann sah Tobi das Reh zuerst. Blinki kam ganz langsam angeschlichen und konnte sich kaum auf den Beinen halten. Er schaffte es gerade noch bis zur Krippe, dann brach er zusammen. Tobi wollte gleich hinlaufen, doch Vater hielt ihn zurück und so warteten sie, bis die anderen Hirsche und Rehe sich entfernt hatten. Ein Reh hatte Blinki noch ein paarmal mit der Nase gestupst, doch Blinki stand nicht auf und so entfernte sich auch dieses Reh. Es drehte sich jedoch noch mehrmals nach Blinki um.

Als alle weg waren, gingen Vater und Tobi zu dem kleinen Reh. Es ließ sich willenlos hoch heben und auf den Schlitten legen. Tobi setzte sich daneben und hielt es fest. Sie machten sich auf den Heimweg und Vater zog die kleine Last hinter sich her.

Zuhause legten sie es im Stall auf Stroh und deckten es zu, damit es sich langsam erholen konnte. Vater sagte, es ist sicher nur zu schwach und Tobi legte noch etwas Futter direkt vor den kleinen Mund. Er konnte sich gar nicht von Blinki trennen. Er streichelte es immer wieder und die Neugierte auf seine Weihnachtsgeschenke war vergessen. Ehe er in die Weihnachtsstube zu den Eltern ging, sang er Blinki noch ein Weihnachtslied vor. Dass sie das kleine Reh vor dem Erfrieren und Verhungern retten konnten, war für Tobi das schönste Weihnachtsge-schenk.

Nach der großen Kälte war Blinki stark genug, um zu seiner Mutter in den Wald gebracht zu werden.

Sie warteten am Futterplatz bis das Wild langsam kam. Blinki hatten sie dort abgesetzt. Sie beobachteten, dass ein Reh mehrmals um Blinki herumging und nach der Sättigung mit Blinki zusammen in den Wald trottete.

Tobi war zwar etwas traurig, aber er wusste, dass sein kleines Reh nun mal zu seiner Mutter gehörte.

Für Tobi blieb es das schönste Weihnachtsfest und kein Geschenk konnte ihn in Zukunft so erfreuen, wie das kleine Reh Blinki, das er gesund pflegen durfte.

Seerosen

In meiner Kindheit die ich in einem kleinen Dorf am Ilmenau Deich verlebte, gab es ein Gewässer, das durch einen Deichbruch vor vielen Jahren entstanden war. Der Fischer, bei dem wir wohnten, erzählte, dass dieses Brack, wie man das Gewässer nannte, acht Meter tief sei.

Auf einer Seite war das Ufer dieses Sees durch Schilf nicht zu erkennen und dort wuchsen viele Seerosen, die das Wasser zur Blütezeit bedeckten und einen gewissen Zauber hervorriefen.

Wir badeten in diesem Brack gern, doch die einheimische Bevölkerung warnte uns davor, zwischen Seerosen hindurch zu schwimmen.
Es war gefährlich, weil diese Rosen sehr lange Wurzeln entwickeln, die bis zum Grund des Uferbereichs hinab gehen.
Ein Schwimmer kann sich darin sehr leicht verfangen und er hätte Mühe, sich aus diesen glitschigen Wurzelsträngen allein zu befreien.

Doch wenn die Blüten einen großen Teil der Wasseroberfläche bedeckten, war es ein wunderbares Bild, das immer wieder anregte, es in einem Foto oder im gemalten Bild fest zu halten.

Da diese blühende Fläche auch nur mit einem kleinen Boot zu erreichen war, konnten diese schönen Blüten in aller Ruhe ihre ganze Schönheit entwickeln.

Gern saß ich in dieser Zeit am Ufer und träumte, ich wäre eine dieser Blüten, die die Menschen mit ihrer Schönheit in den Bann ziehen, und trotzdem einen so festen Halt im Boden haben.

Ich fragte mich, ob sie damit auch ein Beispiel für unser Lebens sein könnten. Sich im Licht zu entfalten und den Halt am Boden nicht zu verlieren.

Verurteilt

Markus hatte seinen Schulabschluss in der Tasche und auch schon die Zusage, in einem Reisebüro eine Lehre anzutreten. Ihn interessierte die Welt und er glaubte, in diesem Beruf sie auch kennenzulernen. Zunächst vielleicht nur durch die Plakate und die Reiseführer, die durch die ganze Welt führten.

Es kam die Abschlussfeier in der Schule und es sollte ein kleines Fest werden. Die Schüler hatten eine Zeitschrift gedruckt, wo sie auch die Lehrkräfte beschrieben mit Lob, aber auch deren kleine Fehler aufdeckten. Jetzt konnten sie es aussprechen, ohne Angst haben zu müssen, dass sich ihre Noten dadurch verschlechtern könnten.

Markus konnte gut formulieren und so stammten viele der Texte aus seiner Feder. Der Klassenlehrer hatte zu Markus gesagt: „Ich könnte mir für dich ein Volontariat bei einem Zeitungsverlag vorstellen." Doch ihn reizten die Berichte aus fernen Ländern.

Die Abschlussfeier war ein wenig aus dem Ruder gelaufen, denn es waren viele Jugendliche dazugekommen, die nicht zu den Abschlussschülern gehörten. So waren Alkohol und auch Drogen eingeschmuggelt worden.

Ein Lehrer hatte bemerkt, dass ein Jugendlicher, den er nicht kannte, sich mit Markus unterhielt und die beiden daraufhin in der Pausenhalle verschwanden. Er ging hinterher und wurde, bevor er den Raum betrag mit einem harten Gegenstand am Kopf getroffen und außer Gefecht gesetzt.

Als er wieder zu sich kam, suchte er Markus und den Unbekannte, konnte sie aber nicht finden. Ein Schüler sagte: „Er hat mit dem Fremden die Schule verlassen." Der Lehrer benachrichtigte die Polizei und es gab eine Razzia bei der tatsächlich Drogen gefunden wurde. Der Verdacht Markus gegenüber verhärtete sich, weil auch andere Schüler ihn mit dem fremden Jungen gesehen hatten

So erschien am nächsten Tag die Polizei bei Markus zuhause, um ihn zu vernehmen. Markus war völlig überrascht und er sagte: „Das war Peter, ein alter Freund, den ich bei einem Sportfest in Hamburg kennengelernt habe." „Wir wollten uns so viel erzählen, aber in der Schule war es dazu einfach zu laut und so sind wir in ein Lokal in der Nähe gegangen".

„Du musst damit rechnen, dass wir das überprüfen", sagte der Beamte, bevor er ging. In den nächsten Tagen hörte Markus nichts mehr von der Sache, bis eines Tages ein Brief von dem Gericht auf den Tisch der Eltern flatterte. Er sollte in einem Verfahren aussagen, in dem es um Diebstahl und Rauschgift ging. Die Eltern waren entsetzt und machten Markus große Vorwürfe, doch er war sich keiner Schuld bewusst.

Er wurde vernommen und auch sein Freund, mit dem er am Tag des Schulfestes zusammengesessen hatte, wurde verhört. Was der aussagte, ließ Markus erstarren, denn er beschuldigte ihn, die Drogen in der Schule verteilt zu haben. Die Verhandlung wurde unterbrochen und zwei Polizeibeamte wurden in die Wohnung von Markus geschickt, zu einer Hausdurchsuchung. „Was wollen sie denn da finden, ich habe nichts mit Drogen zu tun", sagte Markus. Doch als die Beamten zurückkamen, legten sie dem Richter ein kleines Säckchen auf den Tisch, in dem mehrere Tütchen mit Drogen lagen. Die Beamten hatten es in der Jackentasche von Markus gefunden. Er beteuerte zwar, diese Jacke seit dem Fest nicht mehr angehabt zu haben und so auch nichts von dem Tascheninhalt bemerkt zu habe.

So sehr Markus auch seine Unschuld beteuerte, verurteilte der Richter ihn zu einer Woche Jugendarrest und zu 60 Sozialstunden. Den Überfall auf den Lehrer konnte der Richter ihm nicht nachweisen.

Das Reisebüro trat von dem Lehrvertrag zurück. Sie wollten keinen vorbestraften Jugendlichen einstellen.

Markus hatte daraufhin viele Bewerbungen geschrieben, aber überall bekam er eine Absage. Der angebliche Freund hatte sich nach der Verhandlung aus dem Staub gemacht und war nicht mehr aufzufinden.

Markus half nach Verbüßung seiner Strafe oft in der Suppenküche der Stadt aus und er konnte diese zum Teil gescheiterten Existenzen gut verstehen. Er hatte gesehen, wie

schnell man auf die falsche Seite geraten kann.

Eines Tages kam ein Vertreter der Stadt in die Suppenküche, um sich umzuschauen, wie viele Menschen diese Einrichtung regelmäßig besuchen.

 Markus war ihm aufgefallen und er fragte ihn, was er beruflich mache und dieser erzählte ihm mit einigen Sätzen, seine Lage.

Es stellte sich heraus, dass er Rechtsanwalt war und so wollte er seine Geschichte genau hören und er machte ihm Hoffnung, das Verfahren noch einmal aufzurollen.

Er hatte Recherchiert und herausgefunden, dass dieser Peter, der sich an Markus herangemacht hatte, in anderen Städten schon wegen Drogenhandels aufgefallen war und er hatte ihn ausfindig machen können.

Mit diesen neuen Erkenntnissen bewirkte er eine Wideraufnahme des Verfahrens und siehe, der Anwalt konnte beweisen, dass nicht Markus, sondern dieser Peter hinter der Drogengeschichte steckte und er ihm die Drogen in die Jackentasche gesteckt hatte, weil er befürchtete, vernommen zu werden.

Nach dem Freispruch von Markus hatte sich das Leben für ihn gewandelt, aber nicht nur die Situation, sondern er war ein Anderer geworden. Freundschaften schloss er nicht mehr so schnell. Er hatte selbst erfahren, was es bedeutet, ins Abseits geschoben zu werden.

Bei einem anderen Reisebüro hatte er nun doch eine Lehre beginnen können, doch er half neben seiner Berufsausbildung noch so oft er konnte in dieser Suppenküche aus, denn er hatte ja selbst erfahren, wie schnell man auf der Verliererseite landen kann und er sah die Menschen, die er dort traf mit andern Augen.

Das Alter

Mit 50 brach das Thema Alter plötzlich in mein Leben. Die Mutter war 85 Jahre und die sonst so unternehmungslustige Frau musste Abstriche machen, was die Beweglichkeit betraf. Das Herz machte ihr schon lange zu schaffen, aber das war mit Medikamenten gut eingestellt.

Jetzt jedoch plagte sie ihr Rheuma, das sie schon mit Ende 40 in Schlesien behandeln ließ. Flucht und Vertreibung und der neue Arbeitsbereich in der Landwirtschaft, hatte ihr Leiden wieder aufblühen lassen. Diese Feldarbeit war sie nicht gewohnt und so waren die Schmerzen oft fast unerträglich.

Die Bevölkerung in dem kleinen Dorf, in dem sie damals lebte, konnte das nicht verstehen. Manche glaubten vielleicht, dass sie sich zu fein für diese Arbeit fühlte. So kam zu den Schmerzen noch der seelische Druck, nicht verstanden zu werden.

Erst als ihr Mann aus der Gefangenschaft kam und als Schneider für die Dorfbewohner aus Decken warme Jacken nähte, konnte sie mit der Arbeit aufhören.

Sie war eine aufgeschlossene Frau, die gern an Veranstaltungen und Fahrten der Frauen des Dorfes teilnahm und gern zu Kaffeekränzchen ging. Auch bei ihr waren immer wieder Frauen zum Kaffeeklatsch eingeladen, obwohl die Räumlichkeiten keinen großen Kaffeetisch ermöglichten.

Dann heiratete die Tochter und sie zog mit ihr in die Stadt in der Nähe Das Gehen wurde immer mühsamer und bei einem Krankenhausaufenthalt bestätigte der Arzt, dass diese Abnutzung bei ihr in den Knien, heftige Schmerzen verursachen mussten.

So ging das laufen eigentlich nur noch mit einem Stock. Doch das wollte sie nicht und so kaufte sie sich einen Stockschirm. Das sah nicht so nach Behinderung aus. Doch irgendwann gab dieser Schirm nicht mehr genug Halt und der Stock musste nun doch her. Sie verließ das Haus nur noch selten oder morgens zur Tochter und abends zurück.

Bei einem solchen Besuch wusste die Tochter dann nicht mehr, wie sie die Mutter in ihre Wohnung bringen sollte. Es war nur eine kleine Entfernung in der Nahbarschaft. So setzte sie der Schwiegersohn auf einen Bürostuhl und schob sie bis nach Hause. Nach dieser Aktion war der Stuhl Schrott und es ging um einen Rollstuhl. Doch auch der wurde abgelehnt.

Die letzten drei Monate nahm sie ihre Tochter bei sich auf. Das junge Paar räumte ihr Schlafzimmer und zog in ein kleines Dachzimmer und schlief auf den Matratzen.

Dies alles spielte sich vor 31 Jahren ab. Knieoperationen gab es damals vielleicht erst selten und auch den so hilfreichen Rollator und die kleinen Elektromobile für Senioren und Gehbehinderte waren noch nicht auf dem Markt.

Was für ein Segen für die Menschen unserer Tage.

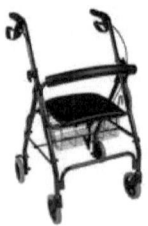 

Rucksackurlaub

Ich kann mich an solche Urlaube erinnern, die unser Sohn gemacht hat. Mit den Pfadfindern war das ein großes Stück Freiheit.

Eine dieser Touren ging nach Norwegen. Er kam voll begeistert wieder. Die so ganz andere Landschaft hatte ihn fasziniert. Diese Erfahrungen und Erlebnisse auf Schusters Rappen oder mit Fahrrad und Paddelboot auf einsamen Seen war für ihn Abenteuer pur. Es war sicher gut, dass die Eltern das nicht alles wussten, denn eine Paddeltour fand nachts statt und es war so dunkel, dass sie das Boot neben sich nicht sehen konnten. Die Taschenlampen gaben Zeichen, damit alle den Zielort erreichen konnten, so erzählte der Sohn.

Zu dieser Tour ging es am Morgen, zusammen mit seinem Freund Kurt, los. Die Fahrräder waren voll bepackt. Treffpunkt war an der Kath. Kirche, in Winsen / Luhe.

Die Gemeinschaft und Freundschaft untereinander war eine Erfahrung, die sehr beeindruckend war.

So etwas ist wahrscheinlich eine Lehre für das Leben, in dem Freundschaft und Zusammenhalt auch eine große Voraussetzung für ein zufriedenes und erfolgreiches Leben ist.

Es war für die Jugendlichen die erste Erfahrung, bei der sie für sich allein Verantwortung übernehmen mussten und jeder sich 100%ig auf den Anderen verlassen konnte. Jede Entscheidung war ihre eigene Entscheidung und wurde nicht durch die Eltern abgesichert. Es sind Erfahrungen, die Jugendliche machen müssen um aus dem engen Kreis von Familie und Schule herauszutreten; um zu begreifen, dass sie selbst ein ganz wichtiger Teil der Gesellschaft sind, den sie ausfüllen sollen aber auch dürfen mit ihren ganz besonderen Fähigkeiten.

In unserem Land, das so viele Jahre in Frieden leben darf, ist das ein ganz besonderes Privileg, das ihnen da in die Hand gelegt wird.

Sie sehen es selbst in ihrer Welt, die von unzähligen Kriegen, Unsicherheiten und Flüchtlingsströmen gebeutelt wird.

Die älteren Menschen in unserem Land hoffen, dass diese nachfolgende Generation, den so wichtigen Auftrag zu Frieden und Sicherheit, mit Elan und Begeisterung fortsetzt um es an ihre Kinder und Enkelkinder übergeben zu können.

Verlassen und einsam?

Wir sehen einen Mann zusammengesunken auf einem Stuhl sitzen. Der ganze Körper beugt sich nach unten, so als wollte er auch die Sonne nicht mehr sehen.

Was hat ihn so gebeugt, ihm die Lebenskraft genommen? Ist es nur die Krankheit, die seinen Körper gezeichnet hat oder sind es Sorgen und Ängste, die tief aus seiner Seele heraufsteigen und ihm die letzte Kraft zum Leben nehmen?

Wenn wir ein Seniorenheim betreten, sehen wir oft Menschen, die wie dieser Mann gezeichnet sind vom Leben, denn es sind häufig die seelischen Belange, die schwerer zu Boden drücken, als das körperliche Versagen.

Ich erinnere mich an unseren Sohn, der als Zivildienstleistender in der Kirchengemeinde seinen Dienst ableistete und dort alte und einsame Menschen besuchte, die Hilfe in ihren Situationen benötigten.

Zu diesem Kreis gehörte ein Mann, der in seinem aktiven Leben als Funker mit der ganzen Welt in Verbindung stand. Jetzt saß er im Rollstuhl fixiert und auf Hilfe angewiesen.

Für unseren Sohn war es die erste Begegnung mit einem Menschen, dessen Leben sich dem Ende zu neigte und er berichtete, dass er diese Stunde mit ihm zusammen, als die wichtigste in seinem Dienst ansah. Er spürte, wie dieser Mann auflebte, wenn er von der Zeit erzählen konnte, da er noch lebendig war, wie er sagte, und unser Sohn von seiner Leidenschaft als Moderator beim Rundfunk erzählte.

Unsere Gesellschaft wird immer älter und es wird immer mehr Menschen geben, die in der Vergessenheit versinken, wie dieser ehemalige Funker. Er war in seinem Umfeld angesehen und immer wieder konnte man von ihm in der Tageszeitung von seinen erstaunlichen Kontakten rund um den Erdball lesen.

Es werden in der Zukunft viele helfende Hände nötig sein, die diesen verlassenen und einsamen Menschen ein Zeichen ihrer Solidarität geben. In unserer schnelllebigen Zeit werden sie sonst im Niemandsland versinken.

Viele junge Menschen leben als Single allein. Wer wird sie im Alter besuchen um ihnen Mut und Ablenkung zu bringen?

Wir hoffen, dass Politik und Gesellschaft dieses Phänomen rechtzeitig in den Blick nimmt, denn die jetzt Verantwortlichen, sind jene, für die diese Vorsorge getroffen werden muss, damit sie nicht im Nichts verschwinden.

Weihnachtsgnade heute?

In einer großen Stadt lebte ein Ehepaar, dass große Mühe hatte, den Unterhalt für ihr einfaches Leben aufzubringen. Der Mann arbeitete als Hilfskraft auf den großen Baustellen der Stadt und er war immer wieder froh, wenn ein Bau beendet war und seine Agentur ihn wieder auf eine neue Baustelle vermittelte. Seine Frau arbeitete bei einer Reinigungsfirma und ihr Dienst begann meistens wenn ihr Mann heimkam. So sahen sie sich am Tag nur flüchtig und nur die Sonntage waren Tage, an denen sie etwas Gemeinsames tun konnten, doch das Geld reichte für besondere Dinge nicht aus. So waren die sonntäglichen Gottesdienstbesuche die Stunden der Erholung.

Nun aber war sie schwanger und so sehr sie sich auch auf das Kind freuten, so wussten sie doch noch nicht, wie sie es finanziell in Zukunft schaffen sollten, wenn ihre Arbeitskraft ausfallen würde.

Das Kind kam zur Welt, doch die Ärzte mussten ihr mitteilen, dass es keine Überlebenschance haben wird. Es litt an einer Fehlbildung die in Deutschland noch nicht operiert werden konnte. Diese OP wäre nur in Amerika möglich, doch das wäre eine große finanzielle Frage.

Natürlich konnten sie sich das nicht leisten und so wollten sie die Zeit, die ihnen mit ihrer kleinen Pia blieb so intensiv wie möglich leben.

Eine Religionslehrerin am Gymnasium der Stadt hatte von dem Schicksal der kleinen Pia gehört und in der nächsten Religionsstunden erzählte sie diese Geschichte mit der Frage:

„Ist Weihnachten eigentlich noch aktuell? Und hilft Gott in unserer Zeit nur den reichen Menschen oder hilft er auch den Armen?"

Vier Mädchen der Klasse hatten sich von dieser Geschichte ansprechen lassen und so setzten sie sich schon am gleichen Nachmittag zusammen und überlegten, wie sie helfen könnten.

Die Erste wollte Plakate entwerfen und sie in der Stadt verteilen mit einem Hilferuf für die kleine Pia.

Die Zweite sagte: „Ich kenne den Chefredakteur unserer Tageszeitung, dem werde ich diese Geschichte erzählen, damit er einen Artikel in die Zeitung setzt."

Die Dritte sagte: „Wir könnten auf den Wochenmärkten an einem Stand auf dieses Schicksal aufmerksam machen."

Die Vierte meinte: „Das Beste wäre, wenn wir diese Geschichte ins Netz stellen mit einem Spendenaufruf."

Alle machten sich an die Arbeit und baten zunächst bei der Stadtverwaltung um Genehmigung für diese Aktion.

Und so hingen bald in vielen Geschäften und in den Straßen große Plakate, die Zeitung brachte einen Artikel, die Mädchen standen auf dem Wochenmarkt, informierten und verteilten Handzettel und im Netz wurde diese Seite unzählige Male angeklickt.

Das Spendenkonto füllte sich bei der Bank und die Eltern mussten sich erst einmal erkundigen, wer diese Aktion für ihr Kind in Gang gesetzt hatte. „Wer tut denn so etwas, ohne uns zu kennen", fragten sie sich.

Dann war der Betrag für die Operation zusammen und auch die Eltern konnten mit ihrer Kleinen den Weg über den großen Teich antreten. Die Operation war erfolgreich und nach einigen Wochen kamen sie mit ihrer kleinen gesunden Pia wieder nach Hause.

Es war Heilig Abend, als der Flieger in ihrer Stadt landete. Sie nahmen ein Taxi. Der Taxifahrer fragte nach dem Ziel und wie aus einem Mund kam „Zur Bonifatius Kirche." Der Taxifahrer wunderte sich ein Wenig doch er setzte sie vor der Kirche ab.

Der Gottesdienst hatte bereits begonnen. Sie betraten die halb dunkle Kirche und gingen im Mittelschiff langsam nach Vorn. Der Pfarrer stoppte seine Predigt, denn er hatte diese kleine Familie erkannt, die da mit ihrem Kind kam.

Die Mutter setzte sich mit ihrer Kleinen auf die Altarstufen

und der Vater zündete eine Kerze an, die er mitgebracht hatte und reichte sie dem Pfarrer mit der Bitte, sie auf den Altar zu stellen.

„Wir möchten uns beim Herr Gott bedanken, dass er diese vier Mädchen mit seiner Liebe berührt hat, sich für unsere kleine Pia einzusetzen und dass unsere Kleine gesund geworden ist."

So, wie die kleine Familie da stand und saß, sah es aus, als wenn es die Hl. Familie selbst war.

In diesem Gottesdienst begriffen die Menschen, dass die Weihnachtsgeschichte nicht etwas ist, was sich vor über 2000 Jahren ereignet hat, sondern dass Gottes Liebe und Barmherzigkeit bis heute lebendig ist.

Öffnen wir unsere Herzen, wie diese Schulmädchen, damit es für alle immer wieder eine gnadenreiche Weihnacht werden kann, denn Gott hat nur unsere Herzen, die diese Liebe sichtbar machen kann.

Weihnachtsüberraschung

Wieder war Advent und unsere Stadt begann sich für dieses Fest zu schmücken. Über den Straßen wurden die Lichterketten angebracht. Sterne und Weihnachtsbäume strahlten in vielen Lichtern und kündeten von der nahen Weihnacht. Die Schaufenster lockten die Menschen an und luden sie ein, einzutreten und die angebotene Ware zu betrachten und Geschenke für die Lieben auszusuchen. Die Wünsche wurden geweckt und man sah, wie die Menschen bepackt mit vielen Einkaufstüten durch die Straßen heimwärts zogen.

In den großen Warenhäusern klangen schon Wochen vor dem Fest die Weihnachtslieder und man fühlte sich angezogen in den reich geschmückten Etagen alles zu betrachten und sich nebenbei wieder etwas aufzuwärmen, denn durch die Straßen wehte ein kalter Wind.

Auch in diesen vorweihnachtlichen Wochen sah man in den Hauseingängen Bettler sitzen, die darauf warteten, dass etwas Geld in ihren Hut, der vor ihnen lag, geworfen würde.

Eigentlich sollte man denken, das gerade in diesen Wochen mehr in ihren Hüten landen würde. Die Menschen konnten damit doch zeigen, dass sie das Fest der Liebe verstanden. Doch die Meisten waren so in Eile und ihre Köpfe waren voll mit Überlegungen was sie alles noch besorgen müssen, dass sie die leeren Hüte auf der Straße gar nicht sahen oder auch nicht sehen wollten.

Wer denkt in der Vorfreude auf Weihnachten schon gern an die Not der Menschen, die man gar nicht kennt?

So saß auch Bruno, wie immer im Eingang eines Hauses und wartete auf ein paar Euro, damit er für sich und seinen Hund Struppi zum Fest etwas Leckeres zum Essen kaufen konnte.

An diesem Tag kam ein großer Mann vorbei. Er trug einen langen schwarzen Mantel mit Kapuze, die er hochgeschlagen hatte. Er blieb vor Bruno stehen und Bruno dachte: „So jetzt fällt sicher etwas in meinen Hut." Doch er gab ihm nur einen Zettel, auf dem eine Anschrift stand und lud ihn am Heiligen Abend zu sich ein. Die Straße des Treffpunktes kannte er, aber er hatte dort noch nie gebettelt. Bruno war ganz verwirrt, doch der Unbekannte sprach mit ihm und streichelte seinen Hund. Bruno bedankte sich, packte seine Sachen zusammen und schlürfte eine Straße weiter zu seinem Freund um ihn zu fragen, ob er auch eine Einladung bekommen hatte.

„Ja", sagte Fiete, „lassen wir uns überraschen, das ist gleich neben dem Dom." „Wollen die uns in die Kirche locken?" „Nein", sagte Bruno, „er hat von einem Essen gesprochen."

Am Heiligen Abend machten sie sich also auf den Weg zu dieser geheimnisvollen Adresse. Als sie in die Nähe kamen, sahen sie aus allen Straßen ihre Kumpel, die alle in der Stadt bettelten, zu diesem Treffpunkt ziehen. „Es muss ein großes Fest sein", sagte Bruno und ob Struppi auch mit kommen darf"?" An der Tür wurden sie begrüßt und in einen großen Saal geführt, der festlich gedeckt war. Ein Duft von Entenbraten, Rotkohl und leckeren Sachen zog durch den Saal, so wie einst bei Mutter zu Hause, als er noch ein kleiner Junge war.

Alle nahmen Platz und Struppi durfte natürlich auch mit rein.

Der Abend wurde mit einem Weihnachtslied eröffnet und der große Mann stand auf der Bühne und begrüßte seine Gäste. Es war mucks Mäuschen still.

Es ging ein Raunen durch den Saal, denn viele hatten ihn nun erkannt. Es war Bischof Josef. Er hatte sich wie Jesus auf den Weg gemacht zu den Ausgegrenzten seiner Stadt.

„Nun", so sagte er, „ist Christus in unserer Stadt geboren und er aß und trank und feierte mit ihnen noch so lange, bis er zum Gottesdienst in der Kirche erwartet wurde.

Für die Obdachlosen der Stadt hatte das Fest in diesem Jahr ein Gesicht bekommen.

Heimat

Heimat hat im Leben der Menschen einen großen Stellenwert. Wir leben zwar in einer Welt, in der wir ohne große Mühen riesige Distanzen überwinden können. Die Möglichkeit, in kurzer Zeit andere Erdteile zu erkunden, hat vielleicht bei Vielen auch die so feste Bindung an die Heimat etwas gelockert, doch wer unfreiwillig die Heimat verlassen musste, wird in seinem Herzen sicher immer eine gewisse Sehnsucht nach seinen Wurzeln behalten.

Wer jedoch als Kind die Heimat verlassen musste, kann sicher nach einer gewissen Zeit, auch den neuen Lebensraum als Heimat bezeichnen.

So ging es vielen Flüchtlingen, die nach dem zweiten Weltkrieg aus ihren Heimatorten vertrieben wurden und ganz neu anfangen mussten.

Auch ich kam mit 8 Jahren aus Schlesien nach Stöckte, einem kleinen Ort in der Nähe von Hamburg. Diese Gegend ist mir zur Heimat geworden, was ich auch in Texten und Liedern zum Ausdruck gebracht habe.

Norddeutsches Land

Meine Heimat ist das Norddeutsche Land,
das sind Schiffe und Elbufersand,
ist das trockene Platt, das die Herzen erwärmt
Lütt und Lütt, von dem hier jedermann schwärmt.

Meine Heimat, das sind Wolken und Meer,
das sind Häfen, wo der Abschied so schwer,
sind die Menschen, die einander verstehen,
Lütte Deerns, die den Männern die Köpfe verdrehen.

Meine Heimat, du mein Norddeutsches Land,
deine Häfen, Flüsse und weißer Sand,
über die eine frische Brise stets weht,
ihr seit mehr, als was über euch in Büchern steht.

Kleine Häuser hinter Deichen versteckt,
unter Fachwerk und mit Riet dick gedeckt,
wohnt die Wärme, ja hier halt ich es aus,
bei den Menschen fühl ich mich stets zu haus.

Was auch kommt, wohin das Leben mich treibt,
ob nach Süden, Westen, eines das bleibt,
meine Sehnsucht all das wieder zu sehn,
wer es kennt, der wird meinen Wunsch auch verstehn.

Meine Heimat, du mein Norddeutsches Land,
deine Häfen, Flüsse und weißer Sand,
über die eine frische Brise stets weht
ihr seit mehr, als was über euch in Büchern steht.

Auch die Stadt, in der ich jetzt lebe ist mir zur Heimat
geworden und das habe ich in folgenden Versen
festgehalten.

Winsen (Luhe)

Es liegt eine Stadt zwischen Heide und Meer,
sie euch zu beschreiben, das fällt mir nicht schwer,
halb ruhig verträumt, wie die Heide sich zeigt,
öffnet sie für die Welt, ihre Tore doch weit.

Winsen an der Luhe,
kleine Stadt, romantisch schön,
mich wird's immer wieder
in deine Mauern ziehen.

Bin ich einmal fort kehr ich heim immer gern,
es grüßt mich das Schloss und der Kirchturm von fern,
ich gehöre dazu und doch bin ich frei,
denn die Menschen sie gehen hier nicht achtlos vorbei.

Winsen an der Luhe,
kleine Stadt, romantisch schön,
mich wird's immer wieder
in deine Mauern ziehen

Und ist mir das Herz vielleicht einmal schwer,
ist sie eine Insel im tobenden Meer,
ihre Gärten sind grün und da ruh' ich mich aus,
ja ich lieb diese Stadt, denn hier bin ich zu Haus,

Winsen an der Luhe
Kleine Stadt, romantisch schön,
mich wird's immer wieder
in deine Mauern ziehen.

Verpasste Momente

Unser Leben ist so reich an Erlebnissen, Begegnungen und Augenblicken des Glücks und der Freude. Doch unser Alltag fordert uns auf der anderen Seite so krass, dass wir kaum noch dazu kommen, alles Schöne wahrzunehmen. So gehen wir sehr oft an so mancher erfrischenden Erfahrung vorbei und merken erst im Nachhinein, was wir da verpasst haben.

Das beginnt schon bei der Jugend, die getrieben wird von jedem Trend, den zu verpassen sie sich nicht leisten können, so meinen sie jedenfalls. Sie müssen doch über alle Neuheiten, die auf dem Markt sind, informiert sein.

So ist das Handy unser ständiger Begleiter geworden. Selbst auf der Straße ist der Blick auf dieses kleine Fenster zur Welt gerichtet. Sehen wir noch unseren Nachbarn, der vielleicht auf einen freundlichen Blick von uns wartet oder unsere Hilfe im Verkehr braucht? Nein, im Gegenteil, wir rempeln ihn noch an und schimpfen, weil er uns im Weg steht und wir vielleicht eine wichtige Mail verpasst haben.

Wie lange wird es dauern, dann werden unsere Senioren in den Heimen auch mit diesen Handys versorg, damit sie sich ruhig verhalten und ihren Alltag vergessen. Wir müssen uns davor hüten, dass wir unsere Besuche nicht an die Technik abgeben, denn noch so interessante Berichte und Filme können die Liebe eines persönlichen Besuches nicht ersetzen.

Ich hatte mir einen Besuch im Altenheim vorgenommen, ihn dann aber verschieben müssen. Danach hörte ich, dass meine Bekannte verstorben war. Das sind verpasste Momente, die unwiederbringlich verstrichen sind. Es bleiben Narben bei einem selbst und bei den Angehörigen zurück, die lange schmerzen können.

Verpassen wir nicht unsere Blicke und unsere Sprache zu nutzen, um die Menschen neben uns wahrzunehmen.

Erste Malversuche

Die Liebe zum Malen wurde mir wohl in die Wiege gelegt. Die Mutter erzählte immer von ihrem Onkel, der in Hindenburg an der Kunstakademie lehrte und wenn er zu Besuch kam, dann sah man ihn meistens irgendwo sitzen und für ihn interessante Ausblicke mit schnellen Strichen auf das Papier bringen.

Auch für mich war der Kunstunterricht schon in der Stöckter Volkschule mein Lieblingsfach. Lehrer Schütte verstand es auch, die Kinder zu diesem kreativen Fach zu motivieren. Dort malte ich zum ersten Mal meine Schulkameradin und stellte fest, dass man sie sogar mit etwas Phantasie erkennen konnte.

Es war nur eine schlechte Zeit und das Papier war knapp. Jede freie Stelle einer Zeitung oder eines Briefes wurde von mir mit irgendwelchen Motiven bemalt und mit den Zeichnungen meiner Schwester verglichen mit der Frage, wer es wohl besser getroffen hatte.

Natürlich war das meiner Schwester immer schöner, sie war ja auch 3 ½ Jahre älter und sie hatte noch mehr Talent. Leider hat sie dies in ihrem späteren Leben nicht genutzt. Es war auch nicht die Zeit für nutzlose Spielereien. Schon mit 15 Jahren ging es in die Berufsausbildung und da wurde nicht gefragt, ob man rechtlich Feierabend hatte. Wenn noch Arbeit zu erledigen war, dann hieß es eben länger bleiben. Jeder war zu der Zeit froh, wenn er überhaupt eine Lehrstelle bekommen hatte.

Wenn ich meine Jahre von 15 bis 20 im Vergleich zu meinen Enkelkindern betrachte, dann wurde uns in den Jahren schon recht viel Verantwortung übertragen. Es war auch selbstverständlich, dass man die Eltern unterstützte, wenn diese es schwer hatten, den Lebensunterhalt für die Familie aufzubringen.

Wir hatten nicht so viel Zeit für uns selbst, aber die Jahre haben unser Selbstbewusstsein gestärkt und obwohl wir jünger waren, waren wir in vielen Dingen reicher, als die Generation von heute.

So können alle, die in den Nachkriegsjahren so früh in das Berufsleben eintauchen mussten stolz sein für ihr Mitwirken am Aufbau unseres Landes.

Vieles ist von mir in den Lebensjahren aufgeschrieben worden und wartet jetzt auf eine Zusammenfassung in Büchern, damit es für die Nachkommen nicht nur in losen Blättern zu finden ist.

Erschienen sind bis jetzt:

1. Glauben gegen den Strom
2. Worte – alltäglich gesprochen. Welchen Sinn geben wir ihnen?
3. Leise Verse
4. Wecke die Träume deiner Seele
5. Die Abenteuer der Riesenkrake
6. Ich bin der kleine Wassergeist
7. Das kleine Haus hinter dem Deich
8. Familien im Schmelztiegel – Roman –
9. Sprichwörter zeigen mit dem Finger auf den Punkt.

Sie erhalten die Bücher im Buchhandel oder unter meiner Adresse und finden sie im Internet unter monikagrundei